QatarGate

LOUIS COLART
JOËL MATRICHE

QatarGate

Harper
Collins

HARPERCOLLINS FRANCE
83-85, boulevard Vincent-Auriol, 75646 PARIS CEDEX 13
Tél. : 01 42 16 63 63

www.harpercollins.fr

ISBN 979-1-0339-1589-8

« *Fraus omnia corrumpit* »
« *La fraude corrompt tout* »,

ADAGE LATIN.

Avertissement

Le réel et la vérité

L'enquête journalistique contée dans ce livre est réelle, mais elle n'est pas la vérité judiciaire. C'est tout le paradoxe d'un récit qui paraît un peu plus d'un an après l'éclatement de cette affaire – le QatarGate – alors que l'instruction judiciaire, au moment de boucler notre manuscrit, est loin d'être achevée ; qu'a fortiori aucun procès ne s'est tenu, que les conseils de l'eurodéputée Eva Kaïli ont même saisi la justice afin de contrôler en tout point la légalité des poursuites, si son immunité parlementaire a été respectée. Une enquête judiciaire peut toujours connaître des rebondissements. Le QatarGate en a d'ailleurs connu plusieurs.

Le 9 décembre 2022, le jour d'une descente de police mémorable dans l'histoire judiciaire belge a marqué, pour certains et certaines des mis en cause de ce dossier, le début d'un marathon judiciaire. Plusieurs nient toute infraction, d'autres sont passés aux aveux partiels, un a même endossé les habits juridiques du *pentito*, de repenti. Toutefois, chacune des personnes identifiées dans cet ouvrage, qu'elle soit ou non inculpée, dispose de la présomption d'innocence. On ne rend pas la justice dans les pages d'un ouvrage. On ne livre pas une « vérité » – toujours – parce qu'un inculpé ou un témoin peut mentir. Par intérêt stratégique ou par omission. Pour se défendre ou protéger ses proches. Plus simplement, les mémoires des hommes sont faillibles. Des magistrats peuvent se tromper, des policiers faire fausse route et des journalistes faire tout cela à la fois.

Notre enquête est en revanche bien réelle. Elle se fonde sur des dizaines d'entretiens avec les meilleures sources. Nous avions, avec notre confrère du magazine flamand *Knack*, révélé l'existence de cette affaire en primeur. Notre enquête avait commencé près de trois mois avant les premières perquisitions. Elle s'appuie notamment sur des milliers de documents, des dizaines d'entretiens et autant d'envois de questions contradictoires, des reportages entre la Belgique et l'île de Paros en Grèce…

Ce récit documente la plus grave affaire de corruption qu'ait jamais connue le Parlement européen. Un exemple, surtout, de l'ingérence de puissances étrangères dans les affaires de l'Union. D'une poignée d'hommes et de femmes soupçonnés d'avoir vendu leur entregent, leur pouvoir réel ou supposé, leur morale à des intérêts d'États concurrents. Il est question de valises de billets, d'espions et de micros, de discours bien ficelés et de relations humaines.

L'enquête que vous allez lire est réelle, mais pour connaître la vérité judiciaire, rendez-vous dans quelques années.

Pier Antonio Panzeri, alias « Paille ».

Né le 6 juin 1955 près de Milan (Italie), cet ex-ouvrier puis syndicaliste devient député européen du groupe S&D en 2004. Eurodéputé, le président de la sous-commission des droits de l'homme est rattrapé par une enquête de l'office antifraude et doit rembourser 84 000 euros de frais indûment versés à ses assistants. À sa sortie du Parlement, quinze ans après ses débuts, il fonde l'association Fight Impunity à Bruxelles. Il est suspecté d'être l'initiateur de ce qui deviendra le QatarGate.

Francesco Giorgi, alias « Grey ».

Né le 13 février 1987 en Italie, il arrive à l'Université libre de Bruxelles en 2009 dans le cadre du programme Erasmus et entre aussitôt comme stagiaire au Parlement européen, où il fait la connaissance d'Antonio Panzeri. Lorsque son mentor quitte la politique en 2019, Francesco rejoint l'équipe d'un autre eurodéputé italien, Andrea Cozzolino, tout en gérant l'association Fight Impunity, qu'a fondée Panzeri à Bruxelles. Partenaire de vie de la Grecque Eva Kaïli, qu'il a rencontrée au Parlement en 2015 et avec qui il a eu une fille.

Eva Kaïli, alias « Ecru ».

Née le 26 octobre 1978 en Thessalonique (Grèce), étudiante en architecture, elle devient conseillère municipale en 1998 sous la bannière du Pasok (parti social-démocrate) puis, entre 2004 et 2007, présentatrice du journal télévisé pour la chaîne privée Mega. En 2007, elle est élue au parlement national, puis une première fois en 2014 au Parlement européen, réélue en 2019 avant de devenir vice-présidente de l'institution en janvier 2022 – une fonction dont elle a depuis été destituée. Compagne de Francesco Giorgi, avec qui elle a eu une fille.

Andrea Cozzolino, alias « Cyan ».

Né le 3 août 1962 à Naples (Italie), il a d'abord rejoint le Parti communiste italien, puis le Parti démocrate. Élu au Parlement européen en mai 2014, il est réélu en 2019 et prend la direction de la Délégation avec les pays du Maghreb mais aussi la direction des « urgences » pour son groupe S&D : rôle qui consiste à coordonner la position de la deuxième plus importante fraction politique du Parlement sur les résolutions d'urgence en matière de droits humains.

Lara Comi.

Née le 18 février 1983 en banlieue de Milan (Italie), elle s'engage très tôt à Forza Italia, le parti conservateur de Silvio Berlusconi, son mentor. Notamment comme porte-parole de la section locale des jeunes du parti. Avant d'être promue sur la liste européenne et d'exercer deux premiers mandats d'eurodéputée de 2009 à 2019. Lara Comi est contrainte de rembourser 126 000 euros de frais d'assistant versés à sa mère au début de son premier mandat. En 2019, elle n'est pas réélue. Mais, première suppléante dans sa région du nord de l'Italie, elle revient au Parlement européen en novembre 2022, remplaçant Berlusconi. Dans une affaire de malversations et de corruption baptisée « la cantine des pauvres », elle écope d'une peine de quatre ans et deux mois de prison en octobre 2023, mais fait appel.

Marc Tarabella, alias « Taupe ».

Né le 11 mars 1963 en région liégeoise (Belgique), il devient bourgmestre de la petite commune d'Anthisnes à seulement 31 ans, sous la bannière du Parti socialiste. Puis eurodéputé dès 2004 et sans discontinuer depuis, à l'exception d'une césure de deux années (2007-2009) pendant laquelle il a été ministre dans les gouvernements régionaux belges. Italophone, c'est un ami de longue date de Pier Antonio Panzeri.

Maria Arena, alias « Auburn ».

Née le 17 décembre 1966 à Mons (Belgique), celle que tout le monde appelle Marie a connu une intense carrière ministérielle dans les années 2000, avec des passages au niveau fédéral et le rôle de ministre-présidente (cheffe du gouvernement) de la Communauté française (2004-2008). Carrière seulement entachée par la polémique dite de « la douche », en 2004, pour des frais de réfection de son cabinet ministériel jugés excessifs. La socialiste, italophone, est une proche d'Antonio Panzeri qu'elle rencontre à son arrivée au Parlement européen en 2014. Elle lui succède en 2019 à la tête de la sous-commission des droits de l'homme mais doit quitter cette chaire début 2023 des suites du QatarGate. Elle a deux fils, dont l'un, Ugo, est cité en marge de ce dossier.

Niccolò Figà-Talamanca, alias « Feldgrau ».

Né le 22 décembre 1971, l'Italien est directeur de plusieurs ONG à Bruxelles. Figà-Talamanca dirige notamment le chapitre belge de l'association internationale basée à Rome « No Peace without Justice » et accueille dans ses locaux pour un loyer modique le siège de Fight Impunity, l'association lancée par Antonio Panzeri.

Luca Visentini, alias « Vermillon ».

Né le 1er janvier 1969, l'Italien a mené toute sa carrière dans le monde syndical, à l'Union italienne du travail (UIL), jusqu'à accéder aux plus hautes responsabilités internationales. À la tête de la Confédération européenne des syndicats (CES) de 2015 à 2022 puis, brièvement, comme secrétaire général de la Confédération syndicale internationale (CSI). Il est démis de ses fonctions en raison de son inculpation dans le QatarGate et des découvertes des enquêtes internes de la CSI et de la CES.

Susanna Camusso.

Née le 14 août 1955, cette Milanaise a été élue en 2010 à la tête de la CGIL, le plus grand syndicat d'Italie. En juin 2018, alors qu'elle briguait la présidence de la Confédération syndicale internationale, elle a rencontré Panzeri, Giorgi et leurs amis du Qatar à Bruxelles.

Abderrahim Atmoun.

Tantôt surnommé « le terrone » (personne originaire du sud en dialecte italien à connotation désobligeante), tantôt « le Coppola » par Panzeri et Giorgi, Atmoun a étudié en France puis a été élu député au Maroc. C'est à ce titre qu'il présidera avec Antonio Panzeri la Commission parlementaire mixte UE-Maroc. Lorsqu'en 2019 les deux hommes quittent leurs assemblées respectives – le premier pour devenir ambassadeur du Maroc à Varsovie, le second pour fonder l'association Fight Impunity – ils restent en contact étroit.

Yassine Mansouri, alias « le chef de Coppola ».

Né en 1962, cet ancien élève du prestigieux Collège royal de Rabat dirige la Direction générale des études et de la documentation (DGED), autrement dit le service de renseignement extérieur du Maroc. Dans ses auditions, Panzeri affirme l'avoir rencontré à trois reprises. Cozzolino admet l'avoir rencontré à une seule occasion.

Mohamed Belharache, alias « Blue », alias « M118 » (son matricule à la Dged).

Il est décrit par un des enquêteurs comme une sorte de « Jason Bourne », cet espion marocain vraisemblablement né en 1964 est un des hommes de confiance de Yassine Mansouri, le patron de la Dged. Il aurait servi de courroie de transmission entre ce dernier et Abderrahim Atmoun. En 2013 en Espagne, il est soupçonné d'avoir dirigé un réseau d'infiltrés dans des mosquées et, trois ans plus tard à l'aéroport d'Orly, il est suspecté d'avoir mis la main sur des documents confidentiels.

Ali bin Samikh al Marri, alias « le Zaïm », alias « Dottore ».
Né le 30 novembre 1972, ce diplômé en sciences politiques et en philosophie a dirigé le Comité national des droits de l'homme du Qatar – une fonction qui lui a permis de rencontrer Antonio Panzeri, alors président de la sous-commission des droits de l'homme du Parlement européen – avant d'être désigné en octobre 2019 ministre du Travail.

Boudjellal Bettahar, alias « L'Algérien ».
Docteur en droit, s'exprimant aussi bien en arabe qu'en anglais et en français, il est le bras droit d'Ali bin Samikh al Marri.

1

« On ne tape pas les parlementaires »

9 décembre 2022, 6 heures

Les équipes sont sur les dents. Disséminés à divers endroits de Bruxelles et dans un QG de la police judiciaire fédérale, quelque 70 enquêteurs sont mobilisés. Et beaucoup patientent. « Ça va prendre plus de temps que prévu », glisse une source proche de l'affaire, en ce matin du vendredi 9 décembre. « Grey habite chez une personne qui a l'immunité. Et il nous faut son téléphone. » « On ne tape pas les parlementaires. On travaille sur les assistants. »

Grey, c'est le surnom donné par les enquêteurs de l'Office central pour la répression de la corruption (OCRC) de la police fédérale belge à Giorgi. Francesco Giorgi, né à Rho en Lombardie, ne passe pas inaperçu dans les couloirs des hémicycles bruxellois et strasbourgeois. À 36 ans, cet amateur de navigation a gravi tous les échelons. Trilingue – italien, anglais et français –, Giorgi est l'un des 4 000 assistants au Parlement européen depuis une bonne dizaine d'années. Signe distinctif : il se balade depuis plus de trois ans au bras de la socialiste grecque Eva Kaïli, qui assume depuis janvier 2022 l'une des 14 vice-présidences de l'assemblée. Cette ancienne journaliste TV de 44 ans, grande blonde au nez aquilin, est celle qui dispose de l'immunité.

Ce dispositif protège les élus de tout acte coercitif, comme une écoute téléphonique ou une interpellation, avant de déclencher la complexe procédure de levée de cette inviolabilité. Pour ce faire, le parquet doit d'abord obtenir l'aval de la commission juridique du Parlement, à laquelle il soumet un dossier de pièces à charge, avant qu'intervienne un vote en séance plénière. L'appartement qu'Eva et Francesco partagent rue Wiertz, tout proche des institutions européennes à Bruxelles, est donc interdit d'accès aux policiers.

Pourtant, ils meurent d'envie d'y rendre une petite visite.

La planque et l'observation des lieux dureront plus de quatre heures. L'hiver belge et ses températures négatives engourdissent les flics minute après minute. Les habitacles des véhicules banalisés se refroidissent vite, la chaleur humaine perd la bataille silencieuse. Pourtant, il faut prendre son mal en patience et stationner discrètement au niveau du « PPD » – premier point de destination.

L'interpellation de Giorgi doit coïncider avec d'autres, prévues le même jour. En particulier celle de la cible numéro 1 : Paille, ainsi que les enquêteurs travaillant sur ce dossier depuis juillet 2022 l'ont surnommée. Il faut interpeller Grey et Paille à quelques minutes d'intervalle afin qu'aucune fuite d'informations ne vienne tout faire capoter. Les autres perquisitions suivront. L'opération Mezzo est à la croisée des chemins.

Sauf que Giorgi se fait attendre. Faisant du même coup monter en pression les dizaines d'enquêteurs et de magistrats. Le jeune Italien a bien choisi son jour pour faire la grasse matinée...

Soudain, vers 10 h 30, il descend avec Eva Kaïli dans le garage de la résidence. Le couple a rendez-vous chez un cuisiniste. Pas le temps de sortir la Land Rover Discovery grise sur le trottoir que le véhicule est cerné par les officiers de police judiciaire. Francesco Giorgi est privé formellement de liberté à 10 h 42. Le début de sa garde à vue (même si le terme n'existe pas en droit belge), qui ne pourra excéder quarante-huit heures. La voiture est saisie. Le jeune assistant n'oppose pas de résistance. Eva Kaïli observe, stupéfaite, l'arrestation du père de son enfant. Des policiers vont alors prévenir la Grecque. « Les agents m'ont dit qu'ils ne pouvaient pas me dire ce qui se passait mais que cela ne me concernait pas et que mon appartement était protégé par l'immunité parlementaire », racontera-t-elle quelques mois plus tard[1]. Le début d'une journée d'angoisse pour la vice-présidente.

Quatorze perquisitions sont prévues ce matin-là, dont l'interpellation de quatre suspects au total. Mais le juge d'instruction Michel Claise a gardé pour lui la visite chez Paille, alias Pier Antonio Panzeri.

*

Le vendredi 9-12-2022 à 16 h 19, nous entendons à 1 000 Bruxelles, rue Royale 202A : M. Giorgi Francesco.

– Avez-vous une déclaration spontanée à faire concernant les faits sur lesquels vous êtes entendu ?

– Non, je n'ai pas de déclaration à faire.

1. Jean Quatremer, « Je sais que j'ai l'air coupable », *Libération*, 05/06/2023.

– Est-ce que vous pouvez nous parler de votre situation sociale, familiale ?

– Je suis arrivé à Bruxelles en janvier 2009, j'ai fait mon Erasmus à l'ULB[1] et j'ai commencé à travailler au Parlement européen en tant que stagiaire en 2009. Après, j'ai eu mon contrat d'assistant parlementaire en octobre 2010. Je suis assistant parlementaire depuis cette date. J'ai fait deux mandats pour M. Panzeri de 2009 à 2019. Aux élections européennes de 2019, M. Panzeri n'a pas été réélu, j'ai donc commencé à travailler pour un autre député, M. Cozzolino. Ça, c'est mon travail et je l'exerce toujours actuellement. Avant la pandémie, M. Panzeri m'a demandé de mettre en place une organisation, évoquée dans la presse aujourd'hui, qui s'appelle Fight Impunity. Vu mon expertise, je continuais à l'aider, dans des traductions par exemple ou pour organiser des événements. Au niveau personnel, je vis avec ma compagne qui est une députée européenne : on s'est rencontrés au Parlement européen. Nous avons une petite fille de 20 mois. Au niveau social, je n'ai jamais eu de problèmes avec la justice, elle non plus. On a toujours payé nos impôts.

Vous me demandez si j'ai de la famille en Belgique. Je vous réponds que non, ma compagne non plus.

Sur interpellation, il répond : « Ma compagne se nomme Eva Kaïli, elle est grecque. »

– D'une manière générale, pourriez-vous nous parler de vos revenus professionnels ?

– Mes revenus s'élèvent à plus ou moins 7 000 euros. Mon salaire de base est de 6 000 euros et je reçois en plus 1 000 euros

1. Université libre de Bruxelles.

d'allocations familiales suite à la naissance de ma fille.

Vous me demandez quels sont les revenus de ma compagne. Je vous réponds qu'elle touche 6 000 euros de salaire[1] de base ainsi que des indemnités variables, en fonction de sa présence à Bruxelles. Au total, elle perçoit plus ou moins 10 000 euros par mois.

1. Précisément et selon les informations fournies par le Parlement européen, la rémunération mensuelle d'un député est depuis le mois de juillet 2022 de 9 808,67 euros avant impôts, soit 7 646 euros après prélèvement de l'impôt européen et des cotisations sociales. Cette rémunération est également soumise à un impôt national. À ce montant s'ajoutent de nombreuses indemnités : remboursement des frais de transport pour se rendre à Bruxelles et Strasbourg, indemnité annuelle de 4 716 euros pour les autres voyages, indemnité forfaitaire mensuelle de 4 478 euros pour les frais divers, indemnité de 338 euros pour chaque jour de présence à Strasbourg ou Bruxelles, etc.

2

Sous le matelas, des billets

9 décembre 2022, 10 heures

Le magistrat instructeur est certainement le plus célèbre de Belgique. À près d'un an de la retraite, Michel Claise est connu tant pour ses dossiers financiers très complexes, sa présence dans les médias pour alerter sur la criminalité en col blanc, que pour sa propension à ne pas ménager les puissants. Quitte à ne pas lésiner sur la détention préventive, disent ses détracteurs. Ce dont il se défend farouchement.

« Selon que vous serez puissant ou misérable… » : le juge au visage rond et à l'air affable est plutôt du genre à contredire la maxime de La Fontaine.

Claise est accompagné de sa greffière et d'une petite dizaine d'enquêteurs, dont le patron de l'OCRC. Ils tambourinent à la porte à 10 heures précises. Antonio Panzeri leur ouvre et, deux minutes plus tard, l'Italien de 67 ans se voit signifier qu'il est privé de liberté. Au terme de plus de quatre mois de traque dans la plus grande discrétion, la cible principale de l'opération Mezzo est arrêtée.

Un chien renifleur de cash et son maître ont été conduits dans le petit appartement de la commune bruxelloise de Schaerbeek, proche du quartier Schuman et de ses institutions européennes. Ils se mettent immédiatement au travail.

« Conduisez-nous à votre coffre », intiment les policiers à cet ancien eurodéputé italien.

Les hommes et femmes de loi commencent la fouille complète des lieux. Dans son procès-verbal de perquisition, le commissaire divisionnaire décrit les trouvailles de ses enquêteurs : « Ceux-ci trouvent une valise contenant des liasses de billets de banque dans la chambre, un coffre-fort contenant également des liasses de billets de banque dans l'armoire de la chambre, et des billets de banque dans une poche de veste dans le hall d'entrée. »

Dans le coffre et sous le lit, la police déniche un trésor soigneusement emballé : 669 950 euros en coupures de 200, 100, 50 et 20. Souvent, les billets sont enliassés. Comme tout fraîchement sortis d'un braquage de banque.

Panzeri signe l'inventaire des saisies, dont font d'ailleurs partie pas moins de cinq téléphones portables et deux tablettes. Il vient de perdre une fortune. Mais bien plus encore.

Les enquêteurs ne sont pas surpris le moins du monde de trouver un tel magot chez ce retraité de la politique. Seul Panzeri n'avait vraisemblablement rien vu venir[1].

*

```
Question à Francesco Giorgi : avez-vous
reçu des cadeaux ou autre de la part du
Qatar pour votre intervention auprès de
M. Panzeri ?
```

1. L'équipe de défense de Pier Antonio Panzeri n'a pas répondu à nos questions.

`– Non.`

`– Souhaitez-vous ajouter quelque chose à la présente audition ?`

`– Pour moi, M. Panzeri est un mentor. Ça a été un choc pour lui de ne pas être réélu comme député européen, il m'a toujours fait confiance. C'est lui qui m'a embauché et qui a fait en sorte que je ne reste pas sans job en 2019, en me permettant de devenir l'assistant de Cozzolino. Je me sentais redevable vis-à-vis de lui. C'est grâce à lui que j'ai rencontré ma femme, notamment.`

*

Il est 11 heures passées de 45 minutes lorsque les journalistes de l'hebdomadaire flamand *Knack* et du quotidien francophone *Le Soir* appuient simultanément sur le bouton « publier »[1]. Les titres s'affichent sur les écrans alors que le gros des opérations est passé. Panzeri et Giorgi ont été menottés. Plus de 600 000 euros en liquide ont été découverts chez le premier. L'ex-europarlementaire était défavorablement connu pour avoir été contraint, en 2017, de rembourser près de 84 000 euros de frais d'assistance indûment versés[2].

Les premiers éléments sont révélés par les deux médias : « La justice belge a lancé une vague de perquisitions vendredi 9 décembre au matin, à l'issue d'une enquête ouverte mi-juillet 2022 sur une

1. Durant près de trois mois, nous avons enquêté sur ce dossier parallèlement à l'enquête judiciaire, avec l'intention de ne pas empiéter sur celle-ci, en trio avec notre confrère de *Knack*, le journaliste d'investigation et spécialiste des questions de renseignement Kristof Clerix.

2. Décision du tribunal de l'Union européenne après une enquête de l'Office européen de lutte antifraude.

organisation criminelle présumée, infiltrée au cœur du Parlement européen et soupçonnée d'ingérence dans la politique de l'Union et de corruption par le Qatar », révèlent *Le Soir* et *Knack*. « Deux personnalités publiques, dont un ex-eurodéputé italien du groupe Socialistes et Démocrates (S & D), viennent d'être interpellées. » L'article publié à la mi-journée aura des conséquences inattendues autant que déterminantes sur la suite du dossier Mezzo.

On est le 9 décembre, Journée mondiale de la lutte contre la corruption (cela ne s'invente pas), et cette Coupe du monde tant décriée, jouée en plein hiver au sein du minuscule émirat gazier, doit s'achever dans moins de dix jours. Les polémiques entourant l'événement sportif avaient à peine fait place au jeu, au sport roi, que réapparaissait le spectre de la corruption autour de l'État organisateur.

Sa simple attribution par la Fédération internationale de football association (Fifa), en 2010, a provoqué l'ouverture d'enquêtes dans trois pays. En Suisse, où siège la Fifa. Mais aussi le « Fifagate » americain qui a établi, selon l'acte d'accusation du procureur de Brooklyn (2020), qu'au moins trois votants avaient bénéficié de pots-de-vin pour porter leurs suffrages en faveur de l'émirat gazier – contre, notamment, une candidature américaine. Et en France, une instruction judiciaire tentaculaire est ouverte depuis 2019. Le Parquet national financier et deux juges s'interrogent sur d'éventuels accords passés au cours d'un mystérieux déjeuner à l'Élysée – neuf jours avant le vote attributif – en présence du président Nicolas Sarkozy, de l'émir du Qatar et de Michel Platini, à l'époque président de la fédération européenne de foot (UEFA). L'ancien numéro 10 des Bleus, initialement favorable à la candidature des États-Unis, avait finalement voté « Qatar » (entraînant d'autres pays dans son mouvement). Le rachat du Paris Saint-Germain par le fonds souverain de Doha, l'embauche suspecte du fils de Michel Platini[1] dans une branche de ce même fonds, et d'autres investissements qataris, persistent à intriguer la justice, plus de dix ans après. Les acteurs de ce dossier nient toute corruption. Les juges d'instruction Serge Tournaire et Virginie Tilmont ont mis en examen certaines personnes pour « corruption privée passive », dont l'ancien vice-président tahitien de la Fifa, Reynald Temarii[2]. Un mandat d'arrêt a aussi été émis en juin 2023 contre l'homme d'affaires qatari Mohamed bin Hammam, ancien patron de la Confédération asiatique de football[3]. L'instruction suit son cours.

Dans ce contexte judiciaire international, le parquet et le juge belges voulaient frapper un grand coup, au beau milieu de l'événement sportif planétaire. Histoire de marquer les esprits. Le parquet fédéral ne communiquera que sur un dossier de « corruption présumée de la part d'un État du Golfe ». Une périphrase pudique pour nommer l'hôte de la Coupe du monde. La communication officielle omet de mentionner un second État corrupteur présumé, pourtant soupçonné par l'équipe d'enquête. Pourquoi passer sous silence ce second État ? « Autant par souci diplomatique que parce qu'on avait moins d'éléments sur cet autre pays comparé au Qatar », justifie un informateur avisé.

Tout avait pourtant commencé par le Maroc.

1. Yann Philippin, « Mondial 2022 : révélations sur l'embauche du fils Platini », Mediapart, 20/12/2020.

2. Rémi Dupré, « Coupe du monde 2022 : une première mise en examen dans le "QatarGate" », *Le Monde*, 26/05/2023.

3. Marc Leplongeon, « Le juge Tournaire lance un mandat d'arrêt contre Mohamed Bin Hammam », *L'Équipe*, 26/09/2023.

3

Mon ami Atmoun

Rabat, 30 juillet 2014, vers 14 heures

Cher peuple,

Nous célébrons aujourd'hui avec autant de joie que de fierté le quinzième anniversaire de la glorieuse Fête du Trône. C'est l'occasion annuelle par excellence pour faire le point sur l'état de la nation. [...] Nous estimons que le statut avancé qui lie notre pays à l'Union européenne n'est pas une fin en soi. Il constitue, plutôt, une étape importante sur la voie de consolidation d'un partenariat maroco-européen que nous voulons équitable et équilibré.

Aussi, le Maroc accorde une importance capitale au succès des négociations en cours pour parvenir à un accord de libre-échange global et profond devant servir de cadre à un plus grand rapprochement entre le Maroc et l'Europe et à une meilleure intégration de l'économie marocaine dans le marché intérieur européen.

Baignée par l'Atlantique, la capitale marocaine, Rabat, bénéficie d'étés cléments et, en cette fin juillet 2014, le thermomètre ne dépasse pas les 28 °C. Le roi Mohammed VI vient de clore son discours, l'ambiance est enjouée. Une grande tente aux couleurs du royaume chérifien – le rouge pour la bravoure, l'étoile verte pour l'islam – a été dressée dans une des cours du palais royal. Après avoir écouté l'hymne national, le souverain est salué par une salve de 21 coups de canon et par une série de personnalités marocaines et étrangères. Son hommage aux bonnes relations entre le Maroc et l'Union européenne n'a pas échappé à deux des invités : l'eurodéputé italien Antonio Panzeri et le parlementaire marocain Abderrahim Atmoun. Le premier, qui vient d'être réélu au Parlement européen, y conduit depuis 2009 la délégation Maghreb (DMAG[1]) et copréside depuis 2012 avec Atmoun la commission parlementaire mixte UE-Maroc (CPM). Un engagement transméditerranéen qui leur vaut, ce 31 juillet au cœur du pouvoir marocain, d'être décorés par Mohammed VI.

Quelques semaines plus tôt, non au son du canon mais à celui des cymbales, les deux hommes avaient déjà eu droit à la haie d'honneur, c'était au Blue Note, un club milanais connu pour avoir fait jazzer les Blues Brothers, Dee Dee Bridgewater ou encore Billy Cobham. À la veille de la huitième législature européenne, Abderrahim Atmoun avait voulu donner un coup de pouce à son ami en conviant à cette réception quelques centaines d'Italiens d'origine marocaine. C'est cadeau, lui aurait signifié Atmoun. Un financement de sa campagne électorale que Panzeri évalue à au moins 50 000 euros : « En effet, en 2004, j'avais déjà fait une soirée au même endroit lors de ma première campagne et j'avais supporté les coûts qui étaient alors approximativement de

1. Cette délégation veille à la bonne entente entre les parlementaires européens d'une part, tunisiens, marocains, algériens, mauritaniens et libyens d'autre part.

50 000 euros », précisera-t-il, peu après l'éclatement du QatarGate, dans une de ses auditions. Atmoun est généreux. Et ce n'est, selon les éléments de l'enquête, que le début[1].

Parti étudier à Paris à l'âge de 20 ans, le Franco-Marocain y possède un appartement et surtout un hôtel, Le Beauvoir, dans le Ve arrondissement, près des jardins du Luxembourg et de la Fondation Cartier. En 1984, cet homme affable a rejoint l'Union constitutionnelle (UC), le parti fondé un an plus tôt par l'ex-Premier ministre Maati Bouabid. En 1993, il a été élu à la deuxième chambre du Parlement marocain et en 2012, il a obtenu la vice-présidence de la CPM, se liant ainsi d'amitié avec un eurodéputé du même âge, italophone – une langue que maîtrise Atmoun grâce à son ex-épouse –, tout aussi hâbleur et séducteur : Antonio Panzeri.

*

« Si un proche est trop gentil à ton égard, sache qu'il va te solliciter pour ses propres besoins », affirme un dicton marocain. Vraisemblablement sincère, l'amitié entre le parlementaire européen et son homologue chérifien apparaît aussi très vite placée sous l'égide du bénéfice mutuel.

À en croire les documents confidentiels diffusés par Chris Coleman, un lanceur d'alerte sous pseudonyme qui a déshabillé la diplomatie marocaine sur Twitter[2], c'est le gouvernement de Rabat et son représentant auprès de l'Union européenne qui auraient été les premiers séduits par l'habileté et l'entregent de l'eurodéputé italien : entretenant de bons rapports tant avec les

1. Abderrahim Atmoun n'a pas répondu à nos sollicitations.

2. Jérôme Hourdeaux et Ilhem Rachidi, « Chris Coleman, un corbeau plane sur le régime marocain », Mediapart, 22/12/2014.

Algériens qu'avec les Marocains, politicien accompli pouvant faire valoir « un agenda politique de longue haleine, mené [...] toujours avec tact et maîtrise », Antonio Panzeri, prévient dès 2011 une note diplomatique, « peut être un allié de poids ou un adversaire redoutable ».

Dans une autre note, de janvier 2013 celle-là, la Mission marocaine auprès de l'UE dévoile son « Plan d'action à l'égard du Parlement européen » pour l'année en cours. Cet agenda, qui se résume à « une série d'actions d'information, de promotion et de lobbying », a pour objectif premier de « contrecarrer l'activisme croissant de nos adversaires au sein du Parlement européen ». Lisez, les partisans de l'indépendance du Sahara occidental. Une série d'actions est prévue afin de défendre les intérêts de Rabat, à commencer par la mobilisation du réseau associatif et de diplomates marocains. Et enfin, est-il précisé, « la Mission compte aussi coordonner son action avec le président de la délégation Maghreb au Parlement européen, Antonio Panzeri, ami proche du Maroc ».

Panzeri était-il à son insu manipulé par Rabat ? Même si rien ne démontre, en l'état de l'investigation judiciaire, que la bienveillance d'Antonio Panzeri à l'égard de causes marocaines était à ce moment déjà rétribuée, elle n'était probablement pas pour autant désintéressée.

En 2015, quelques mois après sa réélection européenne et sa promotion au rang d'officier du Wissam Al-Alaoui par le roi du Maroc, c'est pour Marrakech, cette fois, que s'envole Antonio Panzeri. Il est accompagné de l'eurodéputée belge Marie Arena – « une amie », jure-t-il –, une chambre leur a été réservée à La Mamounia, un palace parmi les plus luxueux du continent africain : la chambre y est facturée entre 1 300 et 9 000 euros.

Maurice Ravel y a joué du piano, Winston Churchill a donné son nom à un des bars de ce palace cinq étoiles, Paul et Linda McCartney y ont composé « Mamunia » pour l'album *Band on the Run*, des Wings. « Je pense que Marie Arena pense que c'est moi qui l'ai invitée, croit utile de préciser Panzeri aux enquêteurs. En réalité, tout était pris en charge par Atmoun. » À entendre le duo, leur présence dans le palace s'expliquait par les discussions en cours sur l'accord commercial entre l'Union européenne et le Maroc. Avec ce point d'achoppement majeur qu'est le commerce des produits agricoles et issus de la pêche venus du Sahara occidental, territoire revendiqué par Rabat. « J'étais dans la position minoritaire contre cet accord, simplement parce qu'il ne respectait pas l'arrêt de la Cour de justice européenne [...] sur le Sahara occidental », raconte Marie Arena pour démontrer qu'elle n'était pas à la botte de son ami Panzeri sur ce dossier[1]. « Je viens avec une solution pour qu'on fasse la traçabilité des produits venant du Sahara occidental. C'est la solution que je propose quand je suis invitée par Panzeri à La Mamounia, où on rencontre les autorités marocaines. Les Marocains sont furieux parce que, pour eux, il ne s'agit pas du Sahara occidental mais du Sahara marocain. »

La même année, le Parlement européen décide d'évaluer la possibilité d'un rapprochement structurel avec les assemblées marocaine et tunisienne et une mission est envoyée à Rabat. Antonio Panzeri et Abderrahim Atmoun, coprésidents de l'Union parlementaire mixte Europe-Maroc, participent par la force des choses aux discussions. Au terme des deux jours de travail, ils en profitent pour organiser leur anniversaire : le premier amène sa fille, son ami Atmoun, ses assistants et les fonctionnaires présents au restaurant. Le lendemain, les mêmes prolongent la fête dans la maison d'Atmoun. La délégation italo-belge – une petite dizaine

1. Louis Colart et Joël Matriche, « Marie Arena livre sa vérité », *Le Soir*, 11/09/23.

de personnes – est gracieusement logée à l'hôtel Hyatt, un cinq-étoiles qui s'élève idéalement entre la médina et la nouvelle ville de Casablanca.

« À partir de 2014, j'ai été invité six ou sept fois au Maroc, continue Antonio Panzeri. En dehors de ces voyages en famille, d'autres voyages sponsorisés par Atmoun ont eu lieu. » Il cite ainsi une semaine passée, « en 2017 ou 2018 », à La Mamounia avec son collaborateur Giuseppe Meroni et sa compagne[1] ainsi que son assistant Francesco Giorgi et l'eurodéputée grecque Eva Kaïli. « Ces voyages étaient totalement, hors extra, organisés et pris en charge par Atmoun. Il nous envoyait les numéros de vol par SMS, nous n'avions aucune démarche à faire. »

À ce moment, Panzeri a pris du galon puisqu'en janvier 2017 il a succédé à la socialiste espagnole Elena Valenciano à la tête de la sous-commission des droits de l'homme du Parlement. Cette présidence, pourvu que l'on aime voir du pays et multiplier les apartés avec les chefs de gouvernement ou d'opposition du monde entier, est une occasion quasiment sans égale. Elle laisse aussi aux âmes les plus généreuses ou les plus intéressées le champ libre pour s'indigner, tancer, louer, encourager à coups de communiqués et de résolutions n'importe quel pays, n'importe quelle faction qui enfreint les droits humains.

À l'été 2019, l'achèvement de la législature européenne ne signifie pas pour autant celui de la carrière de Panzeri, l'homme a anticipé sa reconversion, il n'entend pas s'adonner à la pêche ou aux mots croisés. Ni se contenter de sa retraite de parlementaire et ex-syndicaliste – 9 000 euros par mois –, comme il l'affirme dans une conversation interceptée par la police.

1. M. Meroni, sollicité via son avocate Mariangela Cocca, n'a pas répondu à nos questions, « l'instruction étant toujours en cours ». La compagne de M. Meroni répond, pour sa part, qu'elle n'a « jamais été visée par l'instruction, ni comme suspecte, ni comme témoin, ni comme personne informée des faits ».

« Atmoun m'a demandé qui pouvait l'aider en Italie, explique l'Italien aux policiers anticorruption. Étant une personne extravertie, il voulait connaître le plus de gens possible. Et certainement ceux qui pouvaient être utiles à la cause marocaine. »

Parmi les candidats dont Antonio aurait glissé les noms à l'oreille de son ami – qui entre-temps est devenu ambassadeur du Maroc en Pologne –, celui de l'eurodéputé napolitain Andrea Cozzolino[1]. Alors que la présidence de la commission des droits de l'homme est échue à la socialiste belge Marie Arena, c'est Cozzolino qui dès 2019 hérite des précieuses présidences de la délégation Maghreb et de la commission parlementaire UE-Maroc. En mars 2022, il s'insérera même dans la commission parlementaire Pegasus, chargée d'enquêter sur l'utilisation présumée de ce logiciel espion par une série d'États, dont le Maroc.

C'est lui aussi qui, au sein du groupe S & D, a la charge de coordonner les résolutions d'urgence. Le principe : chaque mois, trois résolutions d'urgence sont soumises aux eurodéputés réunis en séance plénière, à Strasbourg. Dix jours avant cette plénière, chaque groupe politique y va donc de ses suggestions, généralement des propositions liées aux droits de l'homme et qui doivent refléter la position du Parlement sur une question d'actualité internationale. Ces propositions sont soumises à la coordination des résolutions d'urgence, qui leur attribue des points et au terme de discussions et de calculs pointus, en retient trois. Lesquelles sont ensuite transmises à la conférence des présidents des groupes – qui généralement les valide – puis à l'ensemble des eurodéputés pour les discussions et le vote à Strasbourg. Autant dire que cette fonction, si elle est utilisée à mauvais escient, est hautement stratégique car, pour le dire platement et pourvu que les collègues soient absents ou distraits, elle permet de faire

1. L'équipe de défense d'Andrea Cozzolino n'a pas répondu à nos questions.

entendre la voix de l'assemblée sur toute entorse au respect des droits de l'homme. Et il n'en manque pas.

Antonio, Andrea et Abderrahim… Cette lune de miel d'un bord à l'autre de la Méditerranée aura fini par attirer l'attention des services secrets européens.

4

Nid d'espions

Printemps 2022, heure inconnue

Des ombres glissent sur le palier du quatrième étage d'un immeuble couleur grès, situé avenue Eugène-Plasky. Depuis le square du même nom, on devine la tour Reyers, plantée en plein cœur du parc des médias publics francophone (RTBF) et néerlandophone (VRT) tout proche. Au sud-ouest, à moins de 150 mètres, le quartier européen. Le terrain de jeu de l'homme qui habite ici.

Mais, en ce début d'année 2022, le résident de la commune bruxelloise de Schaerbeek n'est pas chez lui. Dans cet appartement qu'il n'a pas voulu lâcher, même à l'issue de son mandat d'eurodéputé deux ans plus tôt. Les ombres qui s'introduisent dans son logement le savent. Ces hommes qui passent le pas de sa porte sans difficulté connaissent tout des déplacements de Pier Antonio Panzeri. Ils peuvent mettre son téléphone sur écoute. Ils peuvent consulter le fichier des passagers aériens, histoire de s'assurer que Panzeri est bien monté à bord d'un avion et sera absent de sa résidence bruxelloise. Le temps de mener à bien leur mission. Ces gens ont une équipe stationnée en permanence à l'aéroport de Bruxelles-National. L'équipe de la Sûreté de l'État qui brise l'intimité de Panzeri dispose d'une force de frappe imbattable.

Elle réalise chez Panzeri une perquisition fantôme.

La vénérable institution, aussi ancienne que la Belgique elle-même, s'intéresse à Panzeri et certaines de ses relations depuis le milieu de l'année 2021. Le service civil de renseignement enquête lorsqu'une menace peut survenir dans son champ de compétences. Parmi celles-ci, le contre-espionnage et la lutte contre les ingérences étrangères. Les opérationnels dépêchés dans l'appartement de l'avenue Plasky sont là pour lutter contre ces risques pour les démocraties belge et européenne. Ils ne vont pas tarder à constater que les informations de leurs partenaires étrangers et les premières découvertes de leur propre enquête de renseignement se révèlent parfaitement exactes. Au-delà de leur imagination.

La VSSE – le sigle néerlandais-français de la Sûreté de l'État – garde jalousement secrètes ses méthodes spéciales de renseignement. Y compris dans les procès-verbaux déclassifiés qui seront transmis ultérieurement à la justice. On sait donc peu de chose sur cette visite clandestine. On ignore comment les agents ont récupéré un double de la clé ou crocheté la serrure de la porte de l'ex-eurodéputé de 67 ans. On ne sait combien d'agents étaient mobilisés sur cette opération. Pas davantage s'ils ont agi de nuit ou non. Et comment ont-ils pu ouvrir ce coffre-fort comme s'il leur appartenait ?

Ce que l'on sait : les opérationnels n'ont laissé aucune trace de leur passage. Tout l'appartement a été méticuleusement pris en photo et chaque objet déplacé pour les besoins de la perquisition a été remis précisément à sa place.

Ce que l'on sait aussi : l'équipe a reçu l'ordre de laisser au moins un micro avant de partir. Ainsi qu'une discrète caméra qui captera des scènes impliquant de la manipulation d'argent liquide.

L'argent. Les agents de la Sûreté sont là pour ça. Ils regardent sous le lit, font glisser une valise de voyage noire à roulettes, en extraient quatre paquets emballés dans un sac en plastique rouge de marque C&A et un cabas de l'enseigne Carrefour. Les colis contiennent 7 601 billets de 50 euros, pour un montant de 380 050 euros. Dont 213 coupures avec des numéros de série qui se suivent.

Ils se redressent et ratissent la garde-robe de l'Italien, où est incorporé un coffre-fort à serrure numérique. Les agents y distinguent d'abord un livre, un carton et un coffret de DVD. Sur la jaquette, le personnage de la série télévisée *Aquarius*, lunettes de soleil sur le bout du nez, paraît saluer l'agent de la VSSE. Cocasse : la série narre une infiltration policière au sein d'une organisation criminelle (celle de la sanglante secte de Charles Manson). L'agent de la Sûreté n'a sans doute pas le temps d'y songer car, derrière ce DVD, sa main gantée tombe sur des billets de 50, 100 et 200 euros. Soit 320 000 euros de plus. Certaines de ces liasses sont ceintes de bordereaux siglés NBB – Banque nationale de Belgique. Les agents en opération photographient le magot de 700 000 euros et effacent toutes leurs traces.

Au même moment, Antonio Panzeri est loin. Il ne le sait pas encore mais son monde vient de s'écrouler. Il ne le comprendra qu'en fin d'année, le jour où des policiers bien rencardés le menotteront à un pas de ces paquets de billets qu'il croyait bien planqués. Il se trompait. Dans son ivresse de pouvoir et d'argent, l'eurodéputé à la retraite commettra d'immenses erreurs.

*

Les services secrets sont à l'origine de toute cette affaire. « Les », parce que la Sûreté belge n'a pas agi seule. En 2021, elle a reçu un tuyau en or. On ne sait s'il provenait initialement de l'Espagne, de la France, de l'Italie ou de la Pologne, mais il portait sur Antonio Panzeri et sa connexion présumée avec des personnages liés aux services de renseignement extérieur du royaume de Mohammed VI.

« Une sorte de Jason Bourne. » C'est ainsi qu'un proche du dossier décrit l'agent secret marocain Mohamed Belharache. « Le mec apparaît en Espagne, il disparaît quelques mois et réapparaît en France. Il doit se faire arrêter, il y échappe… » Un type au profil quelconque. Sur une photo publiée par *Le Journal du Dimanche*[1], on distingue un homme au crâne dégarni et à la moustache dense, ses yeux foncés sont légèrement désaxés. Officiellement, Belharache serait né le 7 juin 1964 à Nador, une ville côtière du nord du Maroc. Son nom s'orthographie de trois autres manières, au gré des couvertures : Bellahrach, Belahrech ou Belareh.

Les enquêteurs belges, eux, le surnomment « Blue ». Avant l'éclatement public de l'affaire le 9 décembre 2022, la police belge est dans un état de paranoïa rarement atteint. Surtout dans un dossier impliquant potentiellement un agent de la Direction générale des études et de la documentation (Dged), une appellation très passe-partout pour désigner le service extérieur de renseignement marocain. Une agence particulièrement offensive. Le royaume chérifien est soupçonné d'avoir employé le logiciel

1. Stéphane Sellami, « M118, l'espion qui venait du chaud », *Le Journal du Dimanche*, 30/04/2023.

espion Pegasus, de la firme israélienne NSO, à l'encontre de nombreux opposants politiques mais aussi du président Macron et de plusieurs de ses anciens ministres. Comme l'ont révélé en 2021 plus de 80 journalistes d'investigation rassemblés autour de la plate-forme française Forbidden Stories, Pegasus est devenu au fil des années quasiment indétectable. Il permet de prendre le contrôle à distance d'un téléphone mobile.

Dans cette atmosphère de cyberguerre, le parquet fédéral belge a fait analyser les appareils de tous ses magistrats et de quelques juges ou haut gradés de la police au printemps-été 2022. Une première, puis une seconde fois. Aucune analyse ne donne de résultat certain et des testings se contredisent, mais plusieurs appareils suscitent des doutes. Certes, les premiers tests sont revenus marqués d'un drapeau orange quelques semaines avant que le dossier Mezzo ne soit transmis de la Sûreté vers la justice[1]. Aucun lien entre la possible infiltration de téléphones sensibles et le QatarGate, donc. N'empêche, on n'est jamais trop prudent… À raison. Testé une nouvelle fois après l'éclatement de l'affaire, le smartphone du juge d'instruction Claise est considéré cette fois comme « complètement infecté », raconte, dépité, le magistrat.

C'est donc avec les téléphones hors de portée, dans des bureaux protégés de toute interception électronique, que l'on épluche le pedigree de Belharache : M118, son matricule à la Dged. Pour

1. L'enquête judiciaire a été ouverte le 12 juillet 2022 par le parquet fédéral, qui avait alors saisi une première juge d'instruction pour ce dossier. Cette ouverture faisait suite à la transmission d'un procès-verbal déclassifié relatant le résultat de la perquisition secrète réalisée par la Sûreté de l'État au domicile de Pier Antonio Panzeri, par l'entremise d'une commission composée de magistrats spécialisés, chargés de contrôler les méthodes spéciales de renseignement. Ou, en l'espèce, de saisir la justice en cas de découverte d'infractions pénales potentielles.

ce faire, les officiers anticorruption vont pouvoir s'appuyer sur une première note de renseignement.

*

> « URGENT. Concerne : ingérence au sein du Parlement européen. »

Dans son premier rapport déclassifié, la Sûreté de l'État rapporte son analyse, issue de plusieurs mois d'investigation au parquet fédéral et aux services de police belges.

> « Au sein des institutions européennes, il existe un réseau impliquant un lobbyiste, plusieurs parlementaires européens et assistants parlementaires travaillant de manière clandestine afin d'influencer les décisions des institutions de l'Union européenne, en particulier le Parlement européen, en faveur du Maroc d'une part et du Qatar d'autre part. Le travail en faveur du Maroc est coordonné par la Dged, le service de renseignement externe marocain. »

En cinq lignes d'un courrier au format A4, la VSSE a tout résumé.

> « Le groupe travaille en échange de soutien électoral orchestré par les autorités marocaines et de sommes considérables d'argent (au total plusieurs millions d'euros) payées clandestinement, en liquide, par le Maroc et par le Qatar. »
>
> « L'Union européenne (UE) est une entité d'un intérêt vital pour le Maroc, poursuivent les analystes du service. Elle est son premier partenaire commercial, l'origine de la vaste majorité de ses investissements étrangers et elle accueille la plus

grande part de la diaspora marocaine. Le développement du royaume, sa sécurité énergétique et ses ambitions géopolitiques (principalement la reconnaissance de la marocanité du Sahara occidental, annexé en 1975) dépendent tout au moins en partie du bon vouloir de l'UE. »

Alors, pour atteindre ses objectifs, le Maroc déploie des « moyens ouverts » et « clandestins », dit la note signée par la patronne de la Sûreté belge elle-même.

Plus loin, ce document hallucinant de sept pages détaille le noyau dur supposé de l'équipe européenne qui travaillerait en faveur du Maroc : Pier Antonio Panzeri, son ancien assistant Francesco Giorgi, et le nouvel employeur de celui-ci, le député Andrea Cozzolino[1].

« Cette équipe est pilotée par un officier de la Dged basé à Rabat, Belharache Mohamed, par l'intermédiaire d'un diplomate coopté, Atmoun Abderrahim, travaillant étroitement avec les services de renseignement marocains. »

*

Belharache est connu des services pour des « activités d'ingérence en Belgique » depuis 2008. Il réapparaît sur le continent européen en 2013, cette fois en Espagne, soupçonné d'avoir chaperonné un réseau d'infiltrés dans des mosquées. Ses agents seront démasqués au bout de deux ans. En 2016, c'est en France qu'il pointe le bout de sa moustache. « Blue » serait l'agent traitant d'un certain Driss A., le patron franco-marocain d'une agence de sécurité privée présente à l'aéroport

1. Aucun d'eux n'a souhaité répondre à nos questions.

de Paris-Orly. Driss se met dans la poche un capitaine de la Police aux frontières (PAF), Charles D., auquel il soutirera des dizaines, peut-être des centaines de fiches S. Autant de documents ultra-confidentiels qui termineront dans les mains de Belharache.

Ces fiches S – pour « sûreté d'État » – récupérées sous le manteau répertorient pour l'essentiel des islamistes marocains connus des autorités françaises. Dans le contexte des attentats terroristes de l'ère califale de Daech, ces fichiers sont d'une grande valeur. Utilisés à mauvais escient, c'est-à-dire considérés au-delà de leur valeur en renseignement, ils peuvent avoir un impact dramatique sur la vie des personnes visées. Tous ne sont pas des terroristes en puissance. Ironiquement, au cours de son enquête pour « corruption », le parquet de Créteil, dans ses efforts pour déterminer l'identité réelle de M118, constatera qu'il faisait lui-même l'objet d'une fiche S dressée par les services français. Celle-là au titre « d'agent étranger ».

En échange de sa prodigalité, le policier français et sa famille se verront offrir plusieurs voyages par l'agent secret. Des séjours tous frais payés, une pratique qui semble être largement utilisée par le service marocain.

Belharache est mis en examen pour « corruption » active et passive, « recel de bien provenant de la violation du secret professionnel » et « atteinte à un système de traitement automatisé de données en bande organisée », selon une ordonnance de renvoi devant le tribunal correctionnel du 30 juillet 2020, signée par deux juges d'instruction de Créteil. Lorsque les policiers débarquent à l'adresse de sa résidence déclarée en Alsace, en mars 2018, dans le but de procéder à l'application de son mandat d'arrêt, ils ne trouvent là qu'un certain Fouad. L'habitant assure que Mohamed Belharache est « un ami », tout en admettant qu'il est aussi « un agent du ministère de l'Intérieur marocain ». « Jason Bourne » s'est à nouveau évaporé.

*

La note de la Sûreté est claire : l'attention des services a d'abord été attirée par un triumvirat avec à sa tête l'ex-eurodéputé Antonio Panzeri, épaulé par son ex-assistant Francesco Giorgi, et le député qui a repris dans son équipe cet assistant polyglotte après l'élection de 2019, Andrea Cozzolino. Toujours selon cette note, ce trio d'Italiens entretient des relations plus qu'étroites avec des officiels marocains, qui ne s'expliqueraient pas simplement dans le soleil du Rif, les riads de Marrakech ou les douceurs au goût de miel de Tanger. Du moins, pas seulement.

Pour le service belge, la coopération du trio Panzeri-Giorgi-Cozzolino avec l'État marocain « ne fait aucun doute » à l'époque. « Ils reçoivent des ordres », le plus souvent d'Atmoun, parfois même directement de Yassine Mansouri. Mansouri n'est autre que le patron de la Dged, l'un des hommes les plus puissants du Maroc[1]. Un ami personnel du roi Mohammed VI, avec qui le maître espion a fait ses classes.

Pour la VSSE, cette équipe de trois Italiens peut s'appuyer sur « un réseau influent » au sein du Parlement européen :

« Le travail de l'équipe » repose sur « la collaboration consciente » d'un groupe de députés désignés comme « amis ». Tous seraient membres du groupe parlementaire des S & D.

> « Les plus proches sont :
> Arena Maria (17-12-1966, Mons), de nationalité belge, eurodéputée du Parti socialiste.

1. Ni la Dged ni son patron, Yassine Mansouri, n'ont répondu à nos interrogations transmises via l'ambassade du Maroc en Belgique.

Kaïli Eva (26-10-1978, Thessalonique), de nationalité grecque. Députée du Pasok, vice-présidente du PE depuis janvier 2022. »

Tout a donc commencé par cette enquête entre Rabat et Bruxelles, en passant par Strasbourg et Paris. Mais, « alors que l'enquête originelle était focalisée uniquement sur le Maroc, un volet révélant une activité d'ingérence menée par le même groupe (sans la participation de Cozzolino[1]) pour le compte du Qatar fut découvert et constitue désormais une part substantielle des informations trouvées par la VSSE », stipule le document confidentiel.

La compagne de Francesco Giorgi, l'assistant au cœur du scandale, l'apprendra à ses dépens.

1. Cette non-participation présumée d'Andrea Cozzolino au volet qatari de l'affaire sera mise en doute par l'enquête judiciaire.

5

Suivre la valise

9 décembre 2022, midi

La vague d'interpellations et d'arrestations, l'eurodéputée grecque et vice-présidente du Parlement Eva Kaïli[1] la vit d'abord avec sidération et par écran interposé, lorsque des amis lui font suivre des articles du quotidien belge *Le Soir* par WhatsApp. « J'ai appelé Panzeri mais comme il ne répondait pas, j'ai essayé Marie Arena parce qu'elle est amie avec lui, racontera Eva Kaïli en audition. Puis, j'ai appelé Tarabella parce qu'il parle anglais, je lui ai demandé de vérifier la situation. » Marie Arena et Marc Tarabella sont deux eurodéputés belges, eux aussi membres du groupe S & D. La première, montoise d'origine, a auparavant été ministre fédérale belge ; le second est un ancien ministre régional, il cumule sa charge européenne avec le mayorat d'Anthisnes, une commune rurale du Condroz liégeois.

Les enquêteurs, eux, sont à l'affût. Ils ont appris de la Sûreté de l'État, le service de renseignement belge, qu'Eva Kaïli pourrait

1. Eva Kaïli, contactée directement et via ses avocats, n'a pas souhaité répondre à nos questions.

être un des personnages clés de ce mauvais roman. De ce roman qui, à l'insu de tous et depuis quelques années déjà, s'écrit en lettres – littéralement – d'or dans les couloirs de l'hémicycle bruxellois, les lobbies des palaces qataris, les patios tout en zelliges et arabesques de La Mamounia. Police et renseignements savent surtout, grâce à leurs écoutes, que d'importantes sommes d'argent sont conservées dans l'appartement du couple Giorgi-Kaïli. Ainsi cet extrait d'une conversation qu'ont tenue Giorgi et Panzeri au mois de mai 2022, sans se douter qu'ils étaient écoutés :

— Moi par contre, hi hi hi, j'ai dû acheter un autre coffre-fort. Je ne sais plus quoi faire ! ricane le premier.

— Un autre ? lui demande de répéter l'ancien eurodéputé.

— Un autre coffre-fort.

— Tu en as combien, là ?

— Eh ! Je ne sais pas ! Parce que…

— Tu devrais en avoir plus de 500 ou 600 ! répond Panzeri.

— Oui ! Je crois, oui…

Les enquêteurs craignent donc qu'Eva Kaïli, informée de la vague d'arrestations et de perquisitions menée ce 9 décembre au matin, prenne peur et fasse le ménage. Ou mette son père à contribution.

Alexandros, ingénieur et directeur du département transports et communications en Macédoine centrale, est en effet arrivé en Belgique avec sa seconde épouse le 28 novembre en provenance d'Athènes : Eva et Francesco sont allés les chercher à l'aéroport et les ont conduits à The Hotel, un enchaînement vertical de chambres et de suites, solidement ancré sur le boulevard de Waterloo, à deux pas de l'opulente avenue Louise. Puis, les grands-parents ont séjourné au – plus luxueux encore – Steigenberger Wiltcher's avant de se poser, le 1er décembre, dans l'appartement d'Eva et de leur gendre, rue Wiertz, à deux pas de l'Assemblée européenne. L'eurodéputée, ressort-il de l'audition de son père, les a inscrits lui et son épouse, dans une délégation grecque – étudiants, journalistes… – dont les frais de voyage et de séjour sont partiellement pris en charge par le Parlement. Car chaque année, un nombre limité de personnes peut venir visiter les installations de Bruxelles ou de Strasbourg et s'en faire expliquer le fonctionnement par un des députés. Le Parlement intervient à hauteur de 0,09 euro par kilomètre, il rembourse également les frais d'hôtel à concurrence de 60 euros la nuitée ainsi que les autres frais sur place avec un maximum de 40 euros par jour, précise une note du Bureau du Parlement. L'idée de ces brèves excursions subsidiées par le contribuable n'est, en principe, évidemment pas d'assurer la logistique des repas de famille des mandataires mais de participer à l'éducation européenne d'électeurs parfois très éloignés des centres de débat et de décision de l'Union.

*

Ce scénario – Eva Kaïli, effrayée par l'arrestation de Giorgi, agit de façon déraisonnée –, un des nombreux couchés sur papier par les enquêteurs en prévision du lancement officiel de l'opération Mezzo, se révèle être le bon puisqu'à 12 h 46 précises, les agents en planque voient Alexandros Kaïlis quitter l'immeuble de la rue Wiertz en traînant derrière lui une valise-trolley « qui a l'air particulièrement remplie ». Une note urgente est aussitôt transmise par la Sûreté au quartier général des opérations, dans l'immeuble de la police fédérale, rue Royale.

Alexandros marche jusqu'au Sofitel, place Jourdan, en bordure du quartier européen, à 700 mètres seulement de l'appartement de sa fille. Les agents du service de renseignement, qui ne peuvent l'intercepter, passent le relais aux enquêteurs de l'OCRC. Ceux-ci poussent la porte de l'hôtel à 13 h 40 : Alexandros est attablé au 1040, le restaurant de cet établissement cinq étoiles. Il vient de déjeuner avec son épouse, Maria, et leur petite-fille. Moins d'une heure plus tard, nouveau mouvement : sans se douter qu'il est observé de près, le père d'Eva se lève, franchit les dix mètres qui le séparent du comptoir d'accueil, loue la chambre 504 pour une nuit, « peut-être davantage », précise-t-il à la réceptionniste. Il emprunte alors l'ascenseur pour permettre à la fillette de se reposer. Son épouse, elle, se rend au salon de coiffure voisin.

Pour les policiers, l'occasion est trop belle, le flagrant délit est à portée de main, la situation est figée pour une heure au moins, plus de temps qu'il n'en faut pour qu'un commissaire et le juge Claise les rejoignent dans le hall de l'hôtel.

À 15 h 13, accompagnés d'un employé du Sofitel, les agents et le magistrat grimpent au 5e étage et se font ouvrir la chambre 504. Celle-ci est plongée dans la pénombre, les tentures sont tirées, personne ne répond aux sollicitations des policiers. « Une ombre attire notre attention et nous lui intimons de ne plus bouger », notera le commissaire dans son procès-verbal. Le gradé qui a perquisitionné l'appartement de Panzeri le matin même. Après avoir activé l'éclairage grâce à une carte magnétique, les enquêteurs repèrent la fillette et son grand-père. « J'étais sur le canapé, à moitié endormi, se justifiera plus tard le second. Lorsque les policiers sont entrés, j'ai été surpris, je me suis dirigé vers l'interrupteur pour allumer et c'est peut-être pour cette raison qu'ils ont pensé que j'étais caché. »

Alexandros a beau bredouiller des tentatives d'explications, il est aussitôt placé sous mandat d'arrêt. La chambre est fouillée de fond en comble – tiroirs et armoires, poussette, vêtements, chaussures… –, avec une attention particulière pour cette valise noire de marque Delsey.

— Qu'est-ce que c'est que ça ? interroge le magistrat.
— *It's not mine, it's not mine*[1] ! hoquette Alexandros.

Le bagage s'ouvre sur un tas de billets – plus de 720 000 euros –, des couches pour bébé et trois téléphones.

Dans la foulée, le juge Claise, sa greffière et deux inspecteurs rebroussent chemin, interceptent l'épouse chez le coiffeur et la privent momentanément de liberté – elle sera relâchée moins d'une demi-heure plus tard. « Raisons humanitaires », il faut quelqu'un pour veiller sur l'enfant. Un rôle que ne peuvent évidemment plus assumer le père et le grand-père, tous deux sous mandat d'arrêt, et qui ne pourra l'être non plus par sa maman, Eva Kaïli, pressentent les enquêteurs. Car le flagrant délit que constitue l'exfiltration de l'argent de la rue Wiertz[2] leur permet de perquisitionner le domicile de l'eurodéputée et, au besoin, de l'auditionner et de la déférer.

Vers 17 heures, une équipe de 16 personnes – le juge, sa greffière et un stagiaire, une magistrate fédérale ainsi que 12 policiers – épaulée par un chien dressé à retrouver les grosses quantités d'argent liquide, se rend rue Wiertz. Les enquêteurs se font ouvrir la porte de l'immeuble, gagnent le premier étage et, se servant du trousseau qui a été confisqué à Giorgi, pénètrent dans le duplex sans s'annoncer. Assise sur le canapé, vêtue d'une tenue de sport, Eva Kaïli est présente. Surprise. Scandalisée. Elle évoque immédiatement – et vainement – son immunité. La

1. « Ce n'est pas à moi, ce n'est pas à moi ! »

2. Ce flagrant délit, qui escamote toute nécessité de demander la levée d'immunité, est fortement contesté par Eva Kaïli et ses avocats.

fouille de l'appartement peut débuter, à commencer par les deux coffres-forts, l'un dans la penderie de la chambre pour enfant, l'autre dans le dressing des parents. Ils contiennent tous deux de l'argent liquide. Dans le séjour, des sacs à main avec des liasses de billets – « Le chien renifleur de cash devenait fou, il a fallu l'écarter », raconte un témoin de la scène. Quelques souvenirs de son récent voyage au Qatar aussi : un maillot de foot de l'équipe nationale floqué à son nom, huit médailles spécialement frappées pour que chacun se souvienne à jamais de cette 22e édition de la Coupe du monde, l'étonnante et étincelante maquette enfin, tout en dorures, d'un des stades de Doha.

Blafarde, atonique, l'eurodéputée ne peut donner d'explications à ceux qui la pressent de questions. « Il faut demander à Giorgi », bredouille-t-elle en se recroquevillant sur le sol de l'appartement.

Vers 19 heures, un serrurier est requis pour ouvrir la porte de la cave mais la fouille est négative. La perquisition se termine à 20 h 40, les policiers se rendent sirènes hurlantes au quartier général de la police fédérale, avec la députée. Celle-ci, qui n'a pas été menottée durant le trajet, est amenée au sous-sol, fouillée par deux policières, nourrie et mise en cellule. La nuit sera longue : les geôles de la fédérale sont d'un inconfort absolu, garnies d'un simple bloc de béton sur lequel sont posés un matelas et un oreiller, une cuvette de W-C pour seul mobilier. Dépourvues de fenêtres et d'éclairage une fois la nuit tombée, les cellules sont alors plongées jusqu'à l'aube dans la plus complète obscurité. Un isolement à ce point pénible qu'après quelques heures passées dans un de ces culs-de-basse-fosse, rares sont les gardés à vue qui trouvent encore en eux la force de tenir tête au magistrat instructeur.

D'autant qu'à Eva Kaïli, les policiers ont mille questions à poser : des points d'interrogation sont à balayer, des points de suspension à compléter. Surtout, ils aimeraient connaître l'origine de ce trésor et les raisons de ses pérégrinations entre l'appartement de la rue Wiertz et la chambre d'hôtel de la place Jourdan.

*

Interrogé à deux reprises au moins – le lendemain de son arrestation puis en janvier –, Alexandros a la mémoire balbutiante, il évacue les questions trop précises, s'embrouille ou feint de s'embrouiller. Lors de son premier tête-à-tête avec les policiers, le 10 décembre, il prétend s'être spontanément emparé du bagage, pour rendre service, en quelque sorte : « La valise était dans le couloir de l'appartement de ma fille, elle était dans le chemin. J'ai pris l'initiative de la prendre pour aller au Sofitel car elle gênait. Je ne me rappelle plus l'avoir dit à qui que ce soit. Je savais qu'elle appartenait à Antoine car j'avais entendu Giorgi le dire. » Son intention, précise-t-il, était donc d'ôter cette valise qui encombrait le vestibule, de l'emporter avec lui au Sofitel et, en soirée, à l'occasion du repas familial qui était programmé au bar de l'hôtel avec sa fille et son beau-fils, de la restituer à ce dernier afin qu'il puisse à son tour la rendre à « Monsieur Antoine ».

Un scénario bancal. Alexandros a vraisemblablement conscience de ses propres contradictions, il est en mal d'explication lorsque les enquêteurs lui soumettent la photo du bagage, de l'argent, des langes. Après un long aparté avec son conseil, il invoque alors son droit au silence : « Je désire arrêter l'audition, je suis trop fatigué. »

Lorsque Alexandros Kaïlis revoit les policiers un mois plus tard, ses souvenirs sont plus précis : le 9 décembre peu après midi, dit-il, il a pris une première fois le chemin du Sofitel avec son épouse et sa petite-fille. Ils traversaient le joli parc Léopold lorsque son téléphone a sonné, c'était sa fille, Eva, qui lui demandait de rebrousser chemin, de remonter vers l'appartement afin d'en évacuer cette valise subitement devenue encombrante. « Dans le couloir de l'appartement, il y avait un sac, et Eva voulait qu'il soit déplacé », se souvient-il, affirmant n'avoir alors pas été mis au courant que son gendre avait été arrêté. Il ne savait pas non plus, jure-t-il, que le contenu de ce seul bagage équivalait à plus de dix-sept ans de leurs revenus, à son épouse – retraitée – et à lui[1].

Cette nouvelle lecture des va-et-vient du bagage à roulettes est plus fidèle à ce qu'Eva Kaïli, qui a entre-temps aussi été auditionnée, livre aux enquêteurs. La malle au trésor, dit l'eurodéputée, avait été déposée dans le duplex par Antonio Panzeri, et elle l'aurait presque oubliée si elle n'avait brutalement perdu le contact avec son compagnon le 9 décembre en matinée : « J'ai appelé Tarabella parce que j'ai pensé qu'il avait eu un accident de voiture, j'ai ensuite reçu les articles du journal *Le Soir*, j'ai lu "Panzeri, Maroc[2], 500 000 euros", j'étais sous le choc et je me suis rendue dans le bureau de Francesco, et j'ai emporté le bagage. [...] J'ai demandé à mon pauvre papa de le déposer au Sofitel à l'attention de son propriétaire. » Un désarroi sur lequel elle revient lors d'une autre audition. Confrontée aux appels inquiets et interrogateurs de ses amis, à une revue de presse – « mais je ne parle pas français » – qu'on lui balance au visage, elle réalise « Tout le monde savait sauf moi. [...] Et voilà dans quel état d'esprit j'étais, je pensais qu'on avait arrêté Francesco pour parler d'Antonio. »

1. L'avocat de M. Alexandros Kaïlis, Me Maxime Nardone, précise en retour à nos questions que son client « réserve ses réponses à la justice ».

2. Le Maroc ne sera pourtant cité dans *Le Soir*, à titre de corrupteur potentiel, que quelques jours plus tard.

Après avoir extirpé le bagage d'un placard attenant au bureau de Francesco, elle y aurait glissé des langes et des produits pour bébé. De l'argent, aussi et surtout. Car des billets de banque, il y en avait à profusion dans le duplex bruxellois. « J'ai pris de l'argent dans le coffre et je l'ai mis dans la valise. Ce coffre, je ne l'avais jamais ouvert auparavant, je me souviens que Francesco m'avait donné le code. [...] Moi, j'avais un sac dans lequel j'avais 30 000 à 40 000 euros, en cas d'urgence. Francesco m'avait dit que, s'il y avait une attaque nucléaire, il fallait prendre les pilules et le sac. » Et voici donc la vice-présidente du Parlement qui, consciente qu'il n'y a pas eu de bombe atomique larguée sur Bruxelles mais c'est tout comme – « dans mon esprit, ce n'était pas clair, moi je pensais juste à une chose, ma situation n'était pas normale » –, ouvre les pochettes de la valise, y fourre des couches d'enfant, de la crème pour les dents, des biberons et du lait en poudre, des billets de banque en liasses et d'autres qui ne le sont pas. Par manque de temps ou de place, l'eurodéputée ne pourra cependant pas tout glisser dans le trolley noir, 157 155 euros seront encore retrouvés dans deux sacs, à son domicile. Le butin dépasse donc les 880 000 euros. Soit, tout de même, plus de 26 000 billets de banque, comme le confirmera quelques heures plus tard le décompte effectué par la Banque nationale de Belgique. L'essentiel sera tout de suite transféré sur le compte de l'Organe central pour la saisie et la confiscation, le solde (16 410 euros) sera envoyé au laboratoire de la police fédérale afin que les techniciens puissent y relever d'éventuelles empreintes digitales. Un acte d'enquête qui servira la défense d'Eva Kaïli : elle n'a, en effet, laissé aucune trace papillaire sur les billets analysés.

« Vendredi soir, nous avons pleuré de joie, avouera peu après une source proche de l'enquête. Ce sont des choses qu'on observe généralement en perquisition chez des trafiquants de drogue. »

Il n'en faut pas davantage pour convaincre le juge d'instruction de placer la députée grecque sous mandat d'arrêt : le lundi 12 décembre à 14 h 05, un équipage de police la transfère de l'énorme palais de justice de Bruxelles – avec sa surface de 26 000 mètres carrés au sol, il est une des plus vastes constructions en pierre de taille au monde – vers la prison pour femmes de Berkendael. Las, le magistrat et les agents ignorent que, dénoncée à plusieurs reprises par le Conseil de l'Europe[1], cette maison d'arrêt a cessé ses activités trois semaines auparavant : « Nous sommes arrivés sur place à 14 h 20 et n'avons pu la déposer car cette prison est fermée depuis peu et remplacée par la prison de Haren », notent laconiquement les agents dans leur procès-verbal. C'est donc dans le nouveau village pénitentiaire de Haren, au nord-est de Bruxelles, qu'Eva Kaïli se pliera jusqu'à la mi-avril à sa détention préventive.

Nul ne se doute à ce moment que, deux mois plus tard, un autre eurodéputé sera à son tour privé de liberté.

*

Dans l'immédiat, la mise sous écrou de la vice-présidente grecque du Parlement augmente la pression sur les institutions européennes et, en particulier, leur composante S & D[2], la deuxième plus importante représentation de l'hémicycle. Ce qui pouvait encore être lu, quelques heures après les premières interpellations et arrestations, comme la mise au jour d'une escroquerie présumée

1. Rapport au gouvernement de la Belgique relatif à la visite effectuée en Belgique par le Comité européen pour la prévention de la torture et des peines ou traitements inhumains ou dégradants du 23 au 27 avril 2012.

2. Le groupe S & D au Parlement européen n'a pas souhaité répondre à nos questions et demandes de précisions.

menée par quelques pieds nickelés aux dépens de l'assemblée européenne et de pays tiers aussi généreux que crédules devient un scandale d'États, une infection qui n'aurait pas seulement gangrené la démocratie européenne à sa périphérie ; les organes vitaux pourraient eux aussi être nécrosés.

Diplômée en architecture et génie civil, titulaire d'une maîtrise en affaires européennes, ancienne journaliste de la chaîne grecque Mega, Eva Kaïli – elle est née à Thessalonique en octobre 1978 – rejoint le Parlement grec en 2007 et le Parlement européen sept ans plus tard sous la bannière du Pasok (sociaux-démocrates).

En janvier 2022, elle décroche une des vice-présidences de l'hémicycle : une promotion qui n'a rien de symbolique puisque les 14 vice-présidents ne se contentent pas de remplacer le cas échéant la présidente Roberta Metsola (PPE), ils font aussi partie du Bureau du Parlement, autrement dit de son organe de direction. Enfin, la présidente peut leur déléguer certaines compétences : l'informatique et les télécoms, l'innovation et les nouvelles technologies, la suppléance pour le Moyen-Orient, notamment, pour Eva Kaïli.

Beau (et conscient de l'être, en témoignent les photos postées sur les réseaux sociaux), riche (peut-être davantage encore que chacun pouvait l'imaginer) et puissant (Eva vice-présidait le Parlement, Francesco en connaissait chaque couloir et chaque visage), le couple Kaïli-Giorgi était aussi la face glamour d'une institution qui en manque cruellement. « Nous nous sommes rencontrés en 2015, lorsque j'ai été élue au Parlement, se souvient ainsi la Grecque lors d'une de ses auditions. Je pense que c'était début 2017, nous avons dîné ensemble avec Francesco et puis deux ou trois dîners, puis nous avons commencé à sortir ensemble mais ce n'était pas très sérieux car je travaillais beaucoup. Je vivais en Grèce et, au moment du Covid et du *lockdown*, on est restés ensemble en Grèce. On a arrêté de voyager et nous avons essayé d'avoir un bébé. Que nous avons eu. »

Témoin de leur engagement aussi, cet appartement de la rue Wiertz, à deux pas du Parlement, acheté en commun pour 375 000 euros. Puis cet autre, dans le même immeuble, acquis en 2022 pour 650 000 euros. Des achats importants, qui ont mobilisé beaucoup de ressources financières et qui ont très vite intrigué les enquêteurs. À raison, semble-t il, puisque la personne vendeuse du second bien, acheté à 50/50 par la Grecque et l'Italien, a reconnu avoir reçu en plus des 650 000 euros déclarés une importante somme en liquide. En perquisition à son domicile situé en Flandre, 81 161 euros ont été retrouvés par la police judiciaire. Une nouvelle surprise dans cette enquête. Une nouvelle saisie importante. Peut-être, pensent les enquêteurs, une preuve solide du blanchiment présumé de fonds reçus d'États étrangers ?

Dans une conversation téléphonique interceptée le 22 septembre 2022 par les services de contre-espionnage belges, Francesco Giorgi tentait de convaincre la partie vendeuse d'accepter plusieurs dizaines de milliers d'euros en cash. Entre autres arguments, pour rassurer la personne au bout du fil, il déclarait que, dans « la position d'Eva, qui est une personne politiquement exposée, nous ne pouvons pas tout gâcher en entrant dans une affaire judiciaire ou quelque chose comme ça. Nous préférons que les choses se passent en douceur... ».

Eva Kaïli et Francesco Giorgi sont aujourd'hui inculpés, notamment, pour « blanchiment ». La première nie toute infraction, le second n'avait pas encore été entendu sur ces faits-là au moment de boucler notre enquête journalistique.

Sur l'île grecque de Paros, le couple a acquis pour 300 000 euros en mars 2022 un terrain de 10 000 mètres carrés afin d'y bâtir une série de villas, dont certaines seraient proposées à la location. Un projet immobilier que le QatarGate a mis en suspens. En déplacement en Grèce, nous avons tenté d'interroger le précédent propriétaire de ce terrain et l'architecte chargé de ses aménagements : le premier nous a éconduits, le second a décliné notre proposition de rencontre.

6

Le *Dottore* et l'*Algerino*

5 juin 2017

Le Qatar a un problème. Du genre sérieux.

Une coalition emmenée par les Émirats arabes unis (EAU) et l'Arabie saoudite, rejointe par le Bahreïn et l'Égypte, impose un blocus diplomatique et économique contre Doha. La crise du Golfe est lancée. Le Qatar est terriblement isolé, son économie, entravée. Pire, du moins aux yeux des dirigeants, le minuscule État de 11 500 kilomètres carrés voit son image internationale écornée. À cinq ans de sa Coupe du monde, c'est une catastrophe. Après tant d'efforts pour exister sur la scène sportive, culturelle, touristique, médiatique et diplomatique de la planète, après des milliers de milliards de gazodollars investis partout dans le monde, la chute est sévère pour cette presqu'île qui semble, sur la carte, piquer le ventre du golfe Persique tel un nombril protubérant. La corniche de Doha a perdu de sa superbe.

Les rangs des participants à ce blocus sont vite renforcés par des alliés de Ryad et Abou Dhabi, comme la Mauritanie ou le Yémen. Le Yémen, une terre qui voit justement s'opposer l'Arabie saoudite et le Qatar de façon indirecte : la coalition du blocus reproche à Doha sa proximité avec l'Iran. Les Saoudiens bombardent depuis 2015 les rebelles chiites Houthis soutenus par Téhéran. Un conflit qui a fait plus de 200 000 morts, dont une grosse moitié dus aux famines et aux maladies engendrées par la guerre civile.

Mais la brouille entre les capitales du golfe Persique venait de plus loin. Dans les années 1970, le Qatar allait décliner l'invitation à rejoindre la fédération des Émirats arabes unis et choisir une aventure en solitaire. Plus récemment, plusieurs gouvernements islamistes issus des Printemps arabes de 2011 ont trouvé un soutien auprès de Doha, dont ceux d'Ennahda en Tunisie ou le mouvement de Mohamed Morsi qui prit le pouvoir en Égypte, avant d'être sévèrement réprimé par les forces du maréchal Al-Sissi.

Par crainte de voir ces oppositions, inspirées par les Frères musulmans, se renforcer au sein de leurs propres populations, les EAU et l'Arabie saoudite luttent férocement contre l'islam politique. Plus par opportunisme, donc, que par idéal libéral ; ces États sont tous des théocraties autoritaires[1].

En juin 2017, les pays de la coalition coupent tout : leurs frontières avec le Qatar, les routes commerciales, l'antenne de la chaîne Al-Jazeera… Le cinquième exportateur de gaz au monde ne pouvait pas ainsi se laisser malmener. Dans les mois qui suivent, Doha lance une offensive diplomatique sans précédent pour répliquer au blocus. Une offensive qui trouve un écho en Europe. Et dont une petite équipe d'opportunistes, qui aurait déjà reçu des cadeaux dispendieux de ses amis marocains, va tenter de tirer profit.

1. Pauline Hofmann, « Émirats arabes unis et Qatar, des frères ennemis », *Le Soir*, 09/07/2023.

Dans les locaux de la police judiciaire fédérale belge, Pier Antonio Panzeri se remémore cette période charnière :

« À ce moment-là, le Qatar a décidé de s'ouvrir au monde. Donc ils ont envoyé des ambassadeurs dans le monde entier. À cette époque, j'étais président de la sous-commission des droits de l'homme (Droi[1]) au Parlement européen. »

Comme président de Droi, Panzeri dispose d'une sorte d'alter ego qatari. Son nom : le Dr Ali bin Samikh al Marri. Haut dignitaire de l'émirat, issu d'un clan influent au sein de la monarchie, celui que le binôme Panzeri-Giorgi surnomme, dans ses conversations cryptiques, le *Dottore* (le docteur), est alors le président du Comité national des droits de l'homme du Qatar. Une organisation qui prétend, sur son site, jouir « d'une complète indépendance » vis-à-vis de l'État du Golfe. Vraiment ? Dans une monarchie autoritaire comme celle qui règne sur Doha, ce comité fait plus figure de vitrine impeccable d'une diplomatie de charme – voire d'officine d'influence. Le président de la commission Droi au Parlement européen devait le savoir.

Al Marri entreprend de rencontrer Antonio Panzeri. Il fait le premier pas et vient lui serrer la main à Bruxelles. Le *Dottore* fait alors la connaissance de M. Panzeri, avec son air hâbleur et sa bonhomie. Son côté un peu rustre aussi, avec ce mépris pour les langues étrangères. Un homme auréolé d'une longue carrière de syndicaliste, ce qui ajoute à la carrure de l'Italien aux yeux d'Al Marri. Le lobbyiste qatari est forcément séduit.

« En 2018, Al Marri a décidé de me rencontrer, enchaîne Panzeri dans cette audition filmée. Je l'ai rencontré à Bruxelles et j'ai reçu une invitation pour Doha, j'ai accepté en demandant d'avoir un programme de la visite qui a eu lieu au printemps 2018. Mon assistant Francesco Giorgi et moi y sommes allés. Nous avons eu

1. Droi est une sous-commission de la commission Afet, des affaires étrangères.

plusieurs réunions, notamment au ministère des Affaires étrangères et au ministère du Travail. À la fin de cette visite nous avons décidé de signer un accord de travail entre la sous-commission des droits de l'homme et l'agence des droits humains du Qatar. »

Sur la photo officielle du 8 avril 2018, l'Italien regarde droit devant lui. Ses deux mains jointes appuyées sur l'accoudoir d'un siège aux sculptures dorées. Le Premier ministre et ministre de l'Intérieur du Qatar, qui le reçoit installé sur une assise identique, le dévisage sous sa dishdasha d'un blanc immaculé. Sans doute trop heureux de recevoir le « Monsieur droits de l'homme » du Vieux Continent en ces temps de blocus.

Le site de *Peninsula*, le média anglophone qatari qui publie le bilan de la visite de Panzeri sur leurs terres, est enthousiaste[1] : « Le président de la commission des droits de l'homme du Parlement européen [...] a salué les réformes entreprises par l'État du Qatar dans la promotion des droits de l'homme », lit-on. Protection des travailleurs, future organisation de la Coupe du monde 2022, crédibilité internationale du Comité qatari des droits de l'homme... La dépêche épétale les fleurs lancées par Panzeri à ses hôtes. Un article dans lequel pas moins de six paragraphes sont dédiés à l'obsession du moment : dénoncer « le siège » des voisins honnis. « M. Panzeri a souligné que la politique du siège [...] a des impacts négatifs sur les personnes et affecte les droits de l'homme, il incombe donc d'exposer les effets destructeurs de toute violation de ces droits à l'opinion publique. »

Pour exposer les « effets destructeurs » et « faire entendre la voix des victimes » du blocus, l'eurodéputé promet d'organiser

1. « Top European rights official hails Qatar's reforms in human rights », Thepeninsulaqatar.com, 09/04/2018.

rapidement une audition dans « sa » commission à Bruxelles. Mais aussi de nouer un partenariat avec le Comité des droits de l'homme du Qatar.

Un protocole d'entente existe bien. Une simple feuille A4, rédigée en anglais et signée par les deux protagonistes le 26 avril 2018[1], le jour où Al Marri participe pour la toute première fois à une réunion de la commission au sein du Parlement européen. L'occasion pour le *Dottore* de se plaindre du blocus que subit son émirat, devant un Panzeri qui acquiesce depuis son siège présidentiel.

Le *Memorandum of understanding* signé dans la foulée promet, sur deux simples lignes, « un échange d'expériences et d'expertise » entre les membres et les équipes du comité et de la commission ; idem concernant l'organisation ou le suivi de conventions, « incluant les conventions de l'OIT », l'Organisation internationale du travail, l'agence de l'ONU pour les droits des travailleurs, qui inaugure d'ailleurs son bureau à Doha quatre jours plus tard.

« Il s'agissait d'un protocole, d'une lettre d'intention qui a été déposée auprès de la commission des droits de l'homme au Parlement européen. Et ce dans le but de développer les relations multilatérales et de permettre le suivi de l'état d'avancement des réformes au Qatar », expose l'Italien lors de son audition.

Le Parlement européen a démenti avoir jamais eu connaissance officiellement du « précieux » document. En clair, un accord fantoche, qu'aucun autre député que le signataire lui-même ne semble avoir validé.

Fantoche peut-être, mais très apprécié par la partie qatarie.

*

1. Eddy Wax et Ana Fota, « How Qatar used a secret deal to bind itself to the EU Parliament », Politico.eu, 17/02/2023.

Dans un fichier qu'il loge derrière un mot de passe sur son espace Google Drive, Francesco Giorgi crée à peu près à cette époque un tableau à quatre colonnes. Un tableau numérique voué à un bel avenir. La première date au sommet du fichier Excel est ce fameux 26 avril 2018, jour de la première visite officielle d'Ali bin Samikh al Marri au Parlement européen.

Giorgi note en face de la première ligne, en anglais, dans la colonne des « événements » : « Audition du président [du Comité national des droits de l'homme] à la commission Droi ».

Dans la colonne « sujet », il détaille le but de l'audition : « Violations des droits des citoyens qataris sous le blocus. »

Et dans la dernière colonne, celle des « suites », Giorgi enfonce : « Appel à une action du Parlement européen – pointer le Bahreïn pour avoir refusé d'accepter la [visite de la] délégation Droi planifiée en mai. »

Ainsi commence la rédaction d'un inouï travail de compilation des actions en faveur du Qatar, scrupuleusement assuré par l'assistant de Panzeri. La deuxième ligne de ce fichier numérique est consacrée, justement, à la signature du protocole d'accord entre les présidents Al Marri et Panzeri.

Placé face à une copie imprimée du fichier retrouvé dans son ordinateur, et à l'écoute attentive de trois intervieweurs de l'Office central pour la répression de la corruption, Francesco Giorgi éclaire la stratégie de son mentor. Cette signature d'un protocole d'entente est « l'action la plus importante du fichier de Panzeri pour le Qatar, assure le jeune Italien. C'est la première fois qu'un tel mémorandum est signé. Il s'agit de l'entrée du Qatar au Parlement européen avec la légitimité de l'accord », martèle-t-il.

Le geste de Pier Antonio Panzeri était gratuit, pas pour autant désintéressé selon Giorgi : « Il n'y a pas encore d'accord contre rémunération à cette date, précise l'assistant, mais Panzeri avait senti que c'était le geste à leur donner pour une future rémunération, il s'agit de la clé d'entrée pour des négociations. »

Le duo d'Italiens ne perd toutefois pas de temps.

« Les négociations sur la rémunération ont lieu lors de la visite au mois de mai et ultérieurement. »

Moins précis sur les dates que son fidèle assistant, Antonio Panzeri ne dit toutefois pas autre chose aux enquêteurs. « Francesco Giorgi et moi-même nous sommes mis d'accord pour un travail de lobbying. » Le tarif négocié avec Ali bin Samikh al Marri ? Un million et demi d'euros pour 2018-2019. En cash.

Les deux hommes font 60/40. Panzeri est le chef, les 60 % sont pour lui. Un mois après la signature du protocole et l'audition du Qatari au Parlement, Antonio Panzeri et Francesco Giorgi retournent une seconde fois à Doha. L'ancien syndicaliste répète et affine son discours pro-Qatar et antiblocus, à la plus grande joie des médias d'État. Les deux hommes sont reçus comme des princes. Et le véritable enjeu de la visite se matérialise. Francesco Giorgi s'en souvient face aux péjistes : « Il y a un accord sur les rémunérations avec le Qatar après la visite à Doha. Le premier paiement a été réalisé dans le premier semestre 2018, avant la fin du mois de juin 2018. »

Pour « réaliser » ces paiements, son contact s'appellerait Boudjellal « l'Algérien » Bettahar.

*

Le dignitaire qatari « ne se déplace jamais » sans son « bras droit », surnommé l'*Algerino* par les italophones. Docteur en droit international public de l'université Lyon III et docteur en droit international des droits de l'homme de l'Université catholique de

Lyon, Boudjellal Bettahar a la cinquantaine lorsqu'il rencontre les deux hommes. Il est un maillon essentiel du réseau de son patron Ali bin Samikh al Marri : il parle anglais et français, en plus de sa langue maternelle, l'arabe. On ignore quand ce Franco-Algérien est devenu ce précieux atout dans la manche du Qatari mais il ne le quittera pas lorsque ce dernier sera appelé à la fonction de ministre du Travail de l'émirat peu après[1].

Bettahar est l'homme des dossiers sensibles. L'un des plus explosifs est sans doute celui baptisé par la presse « les barbouzeries du PSG ». Il concerne un certain Tayeb Benabderrahmane. Un Franco-Algérien, employé à partir d'octobre 2018 en tant que conseiller spécial au Comité national des droits de l'homme du Qatar, sous les ordres d'Ali bin Samikh al Marri. À l'instar de Bettahar, donc. Sauf que Benabderrahmane, lui, termine sa collaboration en détention, mis au secret plusieurs mois à Doha (de janvier à novembre 2020).

Au cours de cette détention, c'est Bettahar qui contacte l'épouse restée en France pour la « rassurer » sur l'état de santé de son mari, lui indiquant à cette occasion que les services secrets qataris « pilotent l'affaire ». C'est Bettahar encore qui aurait négocié les conditions de libération du lobbyiste avec des avocats parisiens.

D'après la plainte déposée par Tayeb Benabderrahmane à son retour en France pour « enlèvement », « séquestration avec torture et actes de barbarie » et « extorsion en bande organisée », Ali bin Samikh al Marri aurait dénoncé son employé en constatant que ce dernier avait obtenu des données, personnelles et sensibles, appartenant au patron qatari du club du Paris Saint-Germain, Nasser Al-Khelaïfi.

1. Ni l'État du Qatar, ni le ministre Al Marri n'ont souhaité répondre à nos questions. Pas davantage que M. Boudjellal Bettahar.

« Je suis désormais convaincu que cet individu a joué un double jeu pendant toute la durée de ma détention, nous explique aujourd'hui Benabderrahmane au sujet de Bettahar. D'un côté, il se présentait à ma famille et à mes proches comme un ami et un allié, leur donnant l'espoir et la confiance qu'il travaillait en coulisses pour faciliter ma libération. Il a même offert des conseils et faisait des mises à jour régulières sur ma situation, renforçant ainsi sa position de confiance auprès de mon épouse qui avait, comme vous pouvez l'imaginer, besoin de quelqu'un au cœur du système pour la tenir informée de l'évolution de mon état de santé et de ma situation judiciaire. Cependant, d'un autre côté, il y a des preuves suggérant qu'il œuvrait en réalité pour prolonger ma détention. Il est possible qu'il ait eu des motivations cachées ou qu'il ait été sous pression de forces plus puissantes au sein du Comité ou d'autres entités pour s'assurer que je reste en détention. Sa proximité avec Ali bin Samikh al Marri lui donnait accès à des informations et à des ressources qui ont été utilisées pour influencer et manipuler le processus de ma libération. » D'ailleurs, en veut pour preuve Tayeb Benabderrahmane, « lui qui a été si "proche" de mon épouse et de ma famille lors de ma détention a totalement disparu aujourd'hui ». Accusé de chantage par le président du PSG, d'espionnage par l'État du Golfe, Tayeb Benabderrahmane a été condamné à mort par contumace[1].

Les dossiers sensibles gérés par le bras droit d'Al Marri concernaient aussi – voire surtout – l'image du Qatar à l'étranger. C'est ainsi qu'en mai 2021, à l'occasion d'un passage à Paris, Boudjellal Bettahar rencontre deux journalistes qui planchent sur un projet de livre-enquête sur les conditions de travail dans l'émirat gazier,

1. Xavier Monnier, « Qatar connection : la condamnation à mort du consultant qui accuse Nasser », Blast-Info.fr, 24/09/2023.

à l'approche de la Coupe du monde 2022. « Je le connaissais d'un précédent reportage de 2017, alors que le blocus était en cours, se souvient l'un des coauteurs des *Esclaves de l'homme-pétrole*[1], Quentin Müller. Il travaillait à ce moment-là pour le Comité national des droits de l'homme du Qatar, qui nous mettait en contact avec des Qataris qui ne pouvaient plus se rendre dans les États organisateurs du blocus afin de visiter leurs familles. L'idée pour eux était de dénoncer des violations des droits de l'homme à cause de ce blocus. Nous étions restés en bons termes avec M. Bettahar, lorsqu'il a appris au printemps 2021 que nous travaillions avec mon collègue Sébastian Castelier sur l'écriture d'un livre. » Bettahar leur donne rendez-vous au Peninsula Hotel, à deux pas des Champs-Élysées. Un palace dont le Qatar est actionnaire. « Il nous a expliqué lors de la rencontre qu'ils avaient du mal à contrecarrer les critiques sur les conditions de travail des migrants, que des journalistes "étaient payés par les Émirats arabes unis", etc. Il nous a expliqué qu'il pouvait nous aider à aller au Qatar et "qu'évidemment pour cela il y aurait une rémunération". Il a réitéré deux fois sa proposition, assure Quentin Müller. On a compris qu'il n'était pas question d'une rémunération légale sous forme de pige journalistique, c'était naturellement inimaginable en termes déontologiques pour nous », conclut le rédacteur en chef adjoint du service international du magazine *Marianne* et spécialiste de la péninsule Arabique.

Les journalistes français déclinent poliment, mais fermement, la proposition de sponsoring. Et reçoivent en retour de Boudjellal Bettahar trois contacts pour les aider à « comprendre » la thématique : celui de l'ancien responsable à Doha du bureau

1. Sébastian Castelier et Quentin Müller, *Les Esclaves de l'homme-pétrole*, Marchialy, 2022.

de l'Organisation internationale du travail, celui de l'ancienne patronne de la Confédération syndicale internationale, Sharan Burrow, et celui d'un eurodéputé, vice-président de la délégation pour les relations avec les pays du Golfe.

Un certain Marc Tarabella.

*

Boudjellal Bettahar, l'homme des rencontres amicales avec la presse et des négociations sensibles, serait-il aussi l'homme de main des relations très « liquides » qu'entretient le Qatar avec des responsables européens ? C'est ce qu'ont affirmé, lors de leurs aveux en audition, Francesco Giorgi et Pier Antonio Panzeri.

« En tant que francophone – et moi j'étais le seul à parler français – il est très vite devenu ma personne de contact, dit de Bettahar l'assistant italien. Je recevais des instructions de la part du ministre et de l'Algérien et je les passais à Panzeri. Quand le "*Dottore*" vient à Bruxelles, c'est toujours au même hôtel, le Steigenberger Wiltcher's, un palace de la chic avenue Louise, poursuit Francesco Giorgi. Il vient toujours accompagné de Boudjellal Bettahar. »

Les Italiens, le *Dottore* et l'*Algerino* dînent plusieurs fois ensemble dans la capitale européenne. Panzeri aime les inviter dans son restaurant italien favori, situé à deux pas de son domicile. La spécialité maison ? Les pâtes à la truffe. Chacun approfondit cette histoire d'amour naissante entre le représentant du Qatar et le président de la commission Droi au Parlement européen. Bettahar et Giorgi jouent les interprètes. Avant de jouer les convoyeurs de fonds présumés.

« J'étais prévenu par téléphone, via un numéro que je ne connaissais pas, détaille Giorgi. Je recevais un message avec une adresse, j'allais chercher l'argent. L'Algérien m'informait par message, par WhatsApp. Il me disait "ils vont te contacter". Il y avait une personne qui me disait que j'allais recevoir de l'argent. Il me disait le montant par après. C'était toujours une surprise, des fois le montant variait car les gens n'arrivaient pas à récolter tout l'argent. Dans ces cas-là, j'informais Bettahar que le montant ne correspondait pas. Cela se faisait par téléphone ou en personne. »

Des messages rapidement supprimés, pour laisser moins de traces, les deux adjoints en ont échangé de nombreux dès 2018. Pour évoquer les remises clandestines de sacs de billets à Bruxelles mais aussi pour fournir à Al Marri le relevé de prestations que continue à alimenter soigneusement, méthodiquement, le compagnon d'Eva Kaïli. Le fichier Excel retrouvé dans l'ordinateur de l'Italien compte 24 entrées pour cette première demi-année de collaboration rémunérée.

« Le fichier était remis sur support papier en main propre à Bettahar, explique-t-il. Une ou deux fois le document a été envoyé par WhatsApp. Ce journal de bord n'a jamais été envoyé par mail car considéré comme trop sensible. »

Ce fameux document, Antonio Panzeri en connaît l'existence, mais il ne le relit pas par-dessus l'épaule de son jeune assistant, comme les deux hommes l'ont indiqué aux enquêteurs. Le membre d'Articolo Uno, parti issu d'une scission d'avec le Parti démocrate italien, est omniprésent dans le fichier. En 2018, nulle mention d'un autre eurodéputé que lui.

Le fichier numérique est surtout bavard sur les passions qataries du moment. Francesco Giorgi assume auprès de ses bailleurs de fonds nombre d'actions présentées comme défavorables aux adversaires de Doha dans le contexte inflammable du blocus. Une résolution urgente du Parlement contre l'Arabie saoudite par-ci, un communiqué acerbe sur l'emprisonnement du blogueur émirati Ahmed Mansoor par-là... D'autres actions contre le Bahreïn, l'Égypte ou la Libye. Il faut « attaquer » les ennemis. Antonio Panzeri boucle son année 2018 par une longue interview (21 minutes !) sur Al-Jazeera, en duplex depuis un couloir du Parlement à Bruxelles, où il fustige l'attitude de Riyad en lien avec l'assassinat sordide du journaliste Jamal Khashoggi. Rien de plus normal de la part d'un président de la commission des droits de l'homme ? Sauf qu'il semble travailler sur commande.

L'autre passion qatarie, qui commence à poindre dans ce curieux fichier, tient en trois mots : droits des travailleurs.

*

« En 2018, on renouvelait la présidence du syndicat mondial[1]. Lors d'une des rencontres que nous avons eues à cette période, qui s'est tenue au restaurant Il Passatempo, rue de Namur à Bruxelles, nous étions quatre : avec moi il y avait Francesco, Al Marri et l'Algérien », se remémore Antonio Panzeri face à une caméra de la police judiciaire fédérale.

Le « cerveau » présumé de l'opération d'ingérence aux Parlements de Bruxelles et de Strasbourg s'apprête à faire des révélations qui vont largement déborder le spectre de la démocratie européenne.

« On m'a demandé qui était l'Italienne qui avait déposé sa candidature en opposition à Sharan Burrow, qui était en charge

1. Comprendre : la Confédération syndicale internationale.

et qui se représentait. J'ai dit que je connaissais cette Italienne car nous avions milité dans la même organisation syndicale. Ils me disent qu'ils l'auraient rencontrée volontiers et l'auraient aidée. »

Panzeri finit par lâcher le nom de l'Italienne qui s'oppose à la présidente sortante pour diriger la Confédération syndicale internationale (CSI), la grande coupole mondiale de centaines d'organisations de défense des travailleurs : Susanna Camusso. Camusso a été pendant neuf années à la tête de la Confédération générale italienne du travail (la CGIL, le premier syndicat du pays de 2010 à 2019)[1]. Elle occupe aujourd'hui un siège de sénatrice. C'est une femme rompue aux négociations syndicales que s'apprête à mouiller l'ex-militant Panzeri.

« J'ai discuté avec elle à Milan et elle s'est dite disponible pour cette rencontre. La rencontre s'est tenue quelques semaines après, en juin 2018, au restaurant Barbanera qui est aujourd'hui fermé[2]. Étaient présents ? Moi, l'Algérien, Al Marri, elle, [...] son assistant et Francesco Giorgi. Nous n'avons pas parlé d'argent mais de l'aide envers des syndicats africains et du Moyen-Orient. Durant la rencontre [précédente] au Passatempo, nous avions identifié un montant de 600 000 euros. Ce montant provenait de l'évaluation suivante : les syndicats de différents pays votent mais doivent avoir leurs cotisations en règle et de nombreux pays qui auraient pu appuyer la candidature de Camusso avaient du retard dans les paiements. »

Susanna Camusso, 62 ans au moment de sa campagne pour la CSI, se souvient de ce déjeuner. Pas du menu des discussions

1. Louis Colart et Joël Matriche, « QatarGate, les nouvelles accusations du repenti Panzeri », *Le Soir*, 25/02/2023.

2. Il était situé à 70 mètres du siège de la Commission européenne, à l'ombre du bâtiment Berlaymont.

tel que décrit par son hôte : « J'ai été contactée par M. Panzeri, qui m'a présentée, ainsi [que] mon directeur de campagne de l'époque, à un représentant d'une ONG dont il m'a dit qu'elle était engagée dans le secteur des droits de l'homme au Qatar. Étant donné qu'à l'époque il était président du comité Droi du Parlement européen, je n'avais aucune raison de douter de cette description ni de l'engagement de cette ONG envers les droits des travailleurs dans le pays. »

L'ONG en question, en fait le Comité qatari des droits de l'homme, « ne m'a en aucun cas demandé de soutenir le gouvernement du Qatar, et nous n'avons pas du tout parlé d'argent, assure la sénatrice. Nous n'avons parlé que de la nécessité de promouvoir les syndicats au Qatar. [...] La promotion des droits des travailleurs et la nécessité d'avoir des syndicats forts étaient mes seules préoccupations en ce qui concerne le Qatar », martèle l'ex-secrétaire générale de la CGIL.

De l'argent est largué à Bruxelles. Et en quantité. Jamais autant d'un coup et, surtout, cette fois sans l'intervention de Giorgi. Lui qui s'autodésigne pourtant « gérant du cash » de la petite Panzeri Company.

« Ces 600 000 euros m'ont été remis dans un sac par l'Algérien sur la place Plasky », poursuit Panzeri, un square qu'il peut observer depuis les fenêtres de son appartement. « Et c'est une bonne partie de l'argent retrouvé chez moi [par la police]. En fait, l'assistant[1] [de Camusso] m'a dit que beaucoup de problèmes avaient été résolus, et qu'il n'avait plus besoin que de 50 000 euros, que je lui ai remis plus tard sur la même place Plasky. »

Panzeri s'accuse du même coup devant les enquêteurs d'avoir roulé son fidèle assistant.

1. Cet ex-collaborateur n'a pas donné suite à nos sollicitations.

« Ça je ne l'ai pas dit à Francesco, je lui ai juste dit que du montant de 600 000 étaient restés 50 000 euros, que nous nous sommes répartis à concurrence de 25 000 euros chacun. Il m'en restait donc 500 000 euros, que j'ai gardés. »

Puis soigneusement rangés sous son lit.

Susanna Camusso se dit étrangère à tout financement douteux de sa campagne – qu'elle perdra d'ailleurs. « Ma campagne pour le poste de secrétaire générale de la CSI n'a pas reçu de contributions financières, mais je sais que certains dons, qui sont courants au sein du mouvement ouvrier international en tant que manifestation du principe de solidarité internationale, ont été reçus d'autres syndicats et associations et donnés aux syndicats les plus pauvres pour les aider à participer au congrès. Je n'ai pas participé à ce processus et je ne connais pas les détails, affirme l'intéressée. Quant à l'utilisation de l'argent liquide, ce n'est pas la pratique de la CGIL ou d'autres syndicats en Europe de le faire, mais lorsqu'il s'agit de syndicats dans des pays où les droits des travailleurs sont menacés, l'utilisation de l'argent liquide peut être une nécessité lorsque les syndicats sont illégaux ou poursuivis en justice. »

Francesco Giorgi, mis au parfum des aveux de son ancien mentor, constate qu'il s'est fait berner. « Pour la syndicaliste Camusso, les 600 000 euros, c'est Panzeri qui était allé récupérer l'argent, c'était la seule fois où il est allé chercher l'argent lui-même. Peut-être que j'avais préparé la réception des fonds, mais pas sûr. Il devait recevoir 600 000 euros, j'avais des craintes par rapport à ce montant, nous devions recevoir 25 000 euros chacun et les 550 000 euros restants devaient être remis à une syndicaliste. »

Amer, Giorgi ajoute : « J'ai lu que Panzeri avait tout gardé pour lui. »

7

« Je ne peux pas tuer la présidente ! »

Samedi 10 décembre 2022, 12 h 17

Entendons à la police fédérale, rue Royale 202a à 1 000 Bruxelles : M. Panzeri Pier Antonio.

– Vous me réinterpellez au sujet du dossier pour lequel j'ai été arrêté. Après réflexion, je peux déclarer ce qui suit. Je confirme ce que j'ai déclaré hier.

À ceci j'ajoute que l'initiative qui était faite au Parlement était une initiative de type « lobbying » et bien entendu nous cherchions des parlementaires qui étaient disponibles pour appuyer certaines positions en faveur du Qatar.

Dans ce cadre, certains parlementaires ont appuyé ces positions, mais par simple conviction, et Giorgi et moi - parfois moi tout seul, parfois Giorgi - les avons invités à une réflexion sur ces positions. En général, on échange nos points de vue avec les parlementaires et c'est ainsi qu'on les invite à réfléchir sur certaines positions. Ensuite on les conseille, on leur dit qu'il « serait utile de... », mais tous ne sont pas d'accord.

Dans un cas, à savoir Marc Tarabella, il a été récompensé plusieurs fois pour un montant global de 120 000 à 140 000 euros de mémoire. L'argent était remis en cash.

Je lui ai donné à plusieurs reprises de l'argent en cash et parfois j'étais accompagné de Francesco Giorgi. Je remettais l'argent à Tarabella dans des endroits différents. L'argent était dans des sacs en papier. Cela a commencé il y a deux ans. L'approche s'est faite par moi généralement et parfois avec Giorgi.

À chaque fois la somme était environ de 20 000 euros. Chaque fois on transmettait l'argent à deux ou trois mois de distance et la dernière remise a été effectuée il y a six mois.

Marc Tarabella était convaincu alors que d'autres se limitaient à intervenir en commission ou en séance plénière.

*

Il est 13 h 30 ce samedi lorsque Antonio Panzeri achève sa seconde audition devant les policiers de l'office anticorruption, toujours volontairement sans assistance d'un avocat[1]. Une audition express, peut-être écourtée en raison de la bombe que vient de larguer l'Italien dans les locaux situés au cœur de Bruxelles. Oui, reconnaît-il, l'ancien eurodéputé aurait bien corrompu de sa main un élu du Parlement. Ce qu'il niait la veille, au cours du premier

1. Ses futurs avocats dresseront une note, versée à l'instruction, reprochant au juge d'instruction de n'avoir pas respecté les droits de la défense de M. Panzeri en ignorant leurs appels, mais, le suspect ayant signé des documents le privant de plein gré de conseils pour l'accompagner au début de la procédure, les chambres de contrôle ont validé la procédure sur le plan légal.

interrogatoire, où il n'était question disait-il que de « lobbying » et de rémunérations non déclarées au fisc. Il lâche un nom, celui du Belge Marc Tarabella. Le seul qui est à ce moment-là solidement chargé par Panzeri. Interrogé également sur le rôle éventuel de Marie Arena ou d'Andrea Cozzolino dans cette intrigue, l'ours milanais demeure prudent pour l'une – « d'après ce que j'en sais, elle n'a rien reçu » – et évasif pour l'autre – « Cozzolino avait des rapports directs avec le Maroc ».

Tarabella n'a pas droit à ces égards. « Quand il y a eu la rencontre avec Marc Tarabella, Giorgi et moi lui avons demandé s'il était d'accord de défendre certaines positions et, s'il voulait, qu'il pouvait disposer de cadeaux différents, [...] y compris de l'argent. » Les enquêteurs savent qu'ils ont un fil à tirer. Il ne faut pas perdre de temps. Le magistrat instructeur est immédiatement averti du résultat de l'interrogatoire de police.

En quelques minutes, la décision est prise par le parquet fédéral et le juge Michel Claise : il faut aller perquisitionner chez Marc Tarabella. S'engage alors une véritable course contre la montre.

D'abord parce que la loi belge n'autorise pas – sauf dossiers antiterroristes – à perquisitionner des habitations entre 21 heures et 5 heures du matin. Ensuite parce que le socialiste est parlementaire, il dispose de l'immunité qui s'attache à son statut. Mais sa nationalité belge le protège moins qu'une Eva Kaïli, qui n'a été visitée qu'une fois un flagrant délit constaté. C'est la Constitution belge qui s'applique pour Tarabella. Elle implique que la première présidente de la cour d'appel de l'arrondissement judiciaire de Bruxelles avalise la perquisition[1], et que soit présent sur place le chef de l'assemblée où siège l'élu. En l'occurrence, une cheffe :

1. Ce qui est fait dans l'après-midi, par mail, avec une ordonnance signée de la main de Laurence Massart. Cette magistrate expérimentée est notamment celle qui a présidé les procès d'assises de l'attentat au Musée juif de Belgique et des attentats de Bruxelles du 22 mars 2016.

la présidente maltaise du Parlement européen, Roberta Metsola. Ajoutons à l'équation déjà complexe que Marc Tarabella habite la petite commune d'Anthisnes (4 200 habitants) – dont il est d'ailleurs le très apprécié bourgmestre –, village rural se situant au sud de Liège. Soit à 116 kilomètres en voiture de l'aéroport de Bruxelles...

Roberta Metsola suit depuis vingt-quatre heures, à Malte, l'actualité qui frappe son institution. Déjà sonnée par l'arrestation de l'une de ses vice-présidentes (que le Pasok grec vient d'exclure manu militari), la Maltaise reçoit via son secrétariat cette lettre du juge d'instruction bruxellois la priant d'assister à la perquisition au domicile du député belge. Elle saute dans un Airbus A320 à destination de Bruxelles pour poursuivre le week-end le plus délirant de son mandat. « Rien n'aurait pu me préparer à ça, j'ai immédiatement senti que je devais prendre mes responsabilités et j'ai fait ce que je devais faire, se souvient Roberta Metsola. J'ai pris le premier avion pour Bruxelles car nous étions pressés par le temps pour nous conformer aux règles de la police belge. »

Les astres ne sont pas alignés. Le stress des enquêteurs qui attendent sur le parking de l'aéroport situé à Zaventem pour escorter la présidente ne fait qu'augmenter à mesure que le retard s'accroît. Le vol commercial Air Malta de Roberta Metsola accuse un retard de 42 minutes à son arrivée sur le sol belge. Il est 19 h 32, et il faudra à la présidente encore quelques minutes, le temps de sortir des couloirs au sol marbré de Bruxelles-National. Metsola grimpe avec ses gardes du corps dans sa voiture avec chauffeur, qui prend la roue de celle de la police, gyrophares allumés. Direction le Condroz liégeois. Mais le timing pour y parvenir avant 21 heures semble compromis.

Les policiers roulent vite sur l'E40 entre Bruxelles et Liège. Très vite, avec des pointes à plus de 200 km/h. Dans le feu de l'action, le chauffeur de Roberta Metsola implore les enquêteurs de ralentir un peu : « Je ne peux pas tuer la présidente ! »

Le convoi arrive juste à temps. Le juge Claise, déjà sur place, pose un pied sur le parvis privatif de la maison des Tarabella moins de 10 minutes avant la *deadline* de 21 heures. La perquisition en présence de 16 personnes débute. « Frapper à cette porte n'a pas été facile, mais il fallait le faire, explique Roberta Metsola. Je pense qu'il n'est pas exagéré de dire que les jours et les semaines qui ont suivi ont été parmi les plus longs de ma vie. »

Marc Tarabella, son épouse et son fils de 17 ans sont chez eux. L'eurodéputé fan de foot est posté tranquillement devant sa TV et le quart de finale Angleterre-France. C'est la mi-temps. Le socialiste belge n'aura pas le loisir de voir Harry Kane inscrire un penalty puis la tête rageuse d'Olivier Giroud offrir la qualification aux Bleus (1-2).

Choqué de voir débarquer le juge d'instruction et la présidente de son assemblée dans son salon, il garde sa contenance et sa courtoisie d'élu de proximité. Le juge lui fait lecture de l'ordonnance de la première présidente de la cour d'appel de Bruxelles autorisant la perquisition. Les trois membres de la famille sont alors rassemblés dans une même pièce. L'un des policiers interroge le couple :

— Avez-vous d'importantes sommes d'argent en liquide chez vous ?

— Non, répondent en chœur M. et Mme Tarabella.

Titan, le chien renifleur de cash, précède son maître dans la demeure. Rien n'est laissé au hasard. Au salon, rien à signaler. À la cave, rien non plus. Le bureau de Marc Tarabella – « dans un désordre indescriptible » dixit le P-V de perquisition – ne renferme rien d'autre que de vieux documents et des lettres non ouvertes de certains administrés. Pas d'argent, la fouille de la maison s'achève après environ une heure. Elle est négative. La police se contente de saisir les smartphones du couple et deux tablettes.

Dans les rangs des magistrats et des policiers, certains sont déçus. L'opération lancée la veille demeure un immense succès judiciaire, certes, mais, grisés par la découverte d'un million et demi d'euros en liquide chez Panzeri et le couple Kaïli-Giorgi, tous se voyaient déjà attraper un autre eurodéputé la main dans le pot de confiture.

Les enquêteurs ne comptent toutefois pas lâcher Marc Tarabella. Avant de quitter les lieux, un participant à la perquisition lui glisse à l'oreille : « Vous savez, il existe un statut de repenti. » Le suspect reste incrédule.

*

Marc Tarabella, qui avait suivi les événements de la veille d'assez près – d'autant qu'il avait reçu l'un des appels paniqués d'Eva Kaïli et que le bureau d'un ex-assistant qui venait de quitter son équipe était sous scellés – avait vaqué à ses occupations toute la journée de samedi. Son attaché de presse lui avait demandé de se taire face aux médias, certains lui avaient conseillé de prendre contact avec un avocat. Au cas où… Mais en vain. L'eurodéputé-bourgmestre d'origine italienne, très proche d'Antonio Panzeri, n'a pas senti venir cette perquisition nocturne. En vingt-quatre heures, l'affaire de corruption au Parlement européen l'a rattrapé.

Né à Liège en 1963, maïeur de la commune d'Anthisnes, eurodéputé d'août 2004 à juillet 2007 puis à nouveau à partir de juillet 2009, Marc Tarabella est vice-président de la délégation pour les relations avec la péninsule Arabique au Parlement européen (Darp). C'est aussi un spécialiste de la politique agricole de l'Union. Les Belges l'ont également connu comme ministre wallon de la Formation et ministre de la Jeunesse de la Communauté française (2007-2009). C'est une figure du Parti socialiste (PS). Certes, pas du genre à occuper les premiers rôles, mais un homme suffisamment digne de confiance pour former le ticket aux élections de 2019 avec Paul Magnette, qui n'est autre que le grand patron de son parti (juste présent pour tirer la liste européenne).

Avec Panzeri, Tarabella n'a pas seulement partagé des réunions du groupe S & D au Parlement durant plus de dix ans, mais surtout une passion pour le foot ; l'Inter Milan en particulier. « Je n'ai pas de problème en cette affaire disait-il par SMS à un collaborateur après l'arrestation de Panzeri et Giorgi, mais ça m'affecte car ce sont évidemment des potes, surtout Panzeri et depuis longtemps… »

Dans le premier rapport déclassifié du service de renseignement belge, vous ne trouverez pas son nom. Il faut dire que Panzeri et Tarabella s'appelaient peu. Nulle trace d'échanges d'argent sous l'œil de la caméra placée par les services de renseignement dans le salon de l'Italien. C'est bien l'enquête de police qui allait flairer le nom de l'eurodéputé, le transformant en un suspect en quelques jours.

Suspect à leurs yeux, parce que les principaux acteurs du dossier – dont plusieurs sont sur écoute – parlent de Marc Tarabella dans leurs échanges. Tantôt pour se payer gentiment la tête du bourgmestre débonnaire, comme lorsque sa compatriote, Marie Arena, ironise par téléphone auprès de Panzeri sur l'interdiction faite aux mandataires belges par le président du PS d'assister aux matchs de la Coupe du monde au Qatar. Tantôt pour demander à « Marc » de s'exprimer sur des sujets en lien avec l'émirat au Parlement. Surtout, il y a ce revirement de discours pour le moins spectaculaire. Entre 2010 et 2015, Marc Tarabella est un farouche opposant à l'attribution de l'événement sportif planétaire au Qatar. Dans des communiqués au vitriol, des interviews furax, notamment au sein d'un collectif baptisé « New FIFA Now » qui ne mâche pas ses mots, le Belge, coprésident de l'intergroupe Sports du Parlement européen dès 2014, s'indigne des premiers travailleurs migrants morts sur les chantiers de Doha. Puis, durant une parenthèse de quelques années, silence radio de l'intéressé sur l'épineuse question de la Coupe du monde. Marc Tarabella réapparaît sur les plateaux de télévision, dans les débats publics et les pages des journaux début 2022. Son discours a changé du tout au tout. Les 6 500 ouvriers morts sur les chantiers au Qatar ? « Un chiffre largement surévalué[1]. » Boycotter l'événement ? « Ridicule et hypocrite. » Couper court aux retransmissions publiques des matchs ? « Vraiment idiot. » Et *quid* de l'empreinte écologique ? « C'est expressément pour éviter de faire tourner les climatisations que la Coupe a été programmée en novembre[2]. »

« L'attribution de la Coupe du monde 2022 eut lieu en décembre 2010. Je fus d'ailleurs l'un des premiers à m'en offusquer compte tenu notamment du sort peu enviable des travailleurs

1. Ce chiffre est issu d'une enquête du journal britannique *The Guardian*, publiée en 2021. Il s'agit d'une estimation fondée sur les statistiques fournies par l'Inde, le Bangladesh, le Népal et le Sri Lanka, des pays dont sont issus des centaines de milliers de travailleurs immigrés au Qatar. Mais certains pays d'émigration ne sont pas comptabilisés et, surtout, toutes ces personnes ne sont pas nécessairement décédées en raison du travail effectué en terres qataries. Bref, personne ne connaît avec précision le chiffre réel. Il est peut-être plus faible, ou plus élevé que 6 500.

2. Sabine Lourtie, « "Boycotter le Qatar, c'est de l'hypocrisie" pour Marc Tarabella, eurodéputé anthisnois », *L'Avenir*, 26/10/2022.

migrants, rappelle aujourd'hui le Belge. Hélas, à l'époque, la sensibilisation des autorités et de l'opinion publique était très loin d'être ce qu'elle fut dans les dernières semaines avant l'événement. [...] Cependant, grâce à la mobilisation d'organisations syndicales, d'ONG, du Parlement européen, par exemple en sa résolution votée le 21 novembre 2013, de divers parlements nationaux, de l'Organisation internationale du travail... Les choses ont commencé à évoluer positivement au Qatar, qui est par exemple le seul pays de la zone à avoir aboli le système de la kafala[1]. Tout est loin d'être parfait mais j'ai plutôt voulu saluer les progrès en invitant le Qatar à poursuivre ses efforts en ce sens », explique Tarabella pour justifier son apparente volte-face. Surtout, le Wallon prononce sa ligne de défense constante concernant d'éventuels cadeaux qu'il ait jamais tenue : « De l'argent ? Ce n'est jamais arrivé. Probablement savaient-ils que je les aurais dénoncés sur le même ton que mes violentes sorties lors de l'attribution de la Coupe du monde par la Fifa il y a dix ans. »

1. Un système de tutelle économique du patronat sur leurs employés qui a été réformé au Qatar mais pas totalement aboli.

8

Le pacte de Doha

14 avril 2019

Des « bavardages ». C'est par ce terme que Pier Antonio Panzeri qualifie les rencontres de la fin d'année 2018 et début 2019 qu'il aurait eues avec Francesco Giorgi et leurs nouveaux amis, Ali bin Samikh al Marri et Boudjellal Bettahar, alias l'Algérien.

Des bavardages fructueux, comme il le raconte dans l'une de ses auditions vidéo filmées. Il le fallait, car la situation de leur petite équipe de « lobbyistes » clandestins allait bientôt changer du tout au tout.

« Pendant ces réunions, on avait réfléchi en vue des élections du Parlement européen de 2019, je leur ai dit que je ne savais pas si j'allais me présenter à nouveau car j'avais déjà fait trois mandats et que, selon les règles internes de mon parti, c'était difficile », reconnaît Panzeri.

Les élections européennes des 23 et 26 mai 2019 s'annoncent. 400 millions d'électeurs sont appelés aux urnes pour remodeler les hémicycles strasbourgeois et bruxellois. Comment faire face à la prochaine législature sans Panzeri en personne pour placer discrètement les billes du Qatar au niveau européen ? Panzeri se gratte la tête de la même façon qu'il l'aurait fait pour la partie marocaine. Mais avec le Qatar, tout paraît – toujours – plus ambitieux, plus grand, plus fou.

« Pour mettre en place la collaboration de lobbying d'après-mandat, il fallait miser sur des parlementaires qui seraient certainement élus. J'avais donné deux noms aux Qataris : Andrea Cozzolino et Lara Comi. Et Francesco, de son côté, a parlé de sa compagne, Eva Kaïli. Al Marri a dit qu'il était prêt à les rencontrer. »

En quelques mots, Panzeri enfonce ses complices présumés.

Antonio Panzeri, dans ses aveux de février 2023, situe la rencontre confidentielle avec Ali bin Samikh al Marri dans la capitale de l'émirat en mars ou avril 2019. Soit juste avant les élections. « Au cours de ces bavardages, nous savions que c'étaient des députés qui avaient besoin d'argent pour leurs campagnes », justifie l'Italien face aux enquêteurs. À la table de leur hôte qatari, deux sièges auraient été prévus pour l'inséparable binôme qu'il forme avec Giorgi, mais aussi un pour Andrea Cozzolino et un autre pour Lara Comi. « Pour Eva, je n'arrive plus à savoir si Kaïli était là… Je pense qu'elle était présente, mais je ne peux l'affirmer à 100 %. » Qu'importe, révèle-t-il, « la décision qui a été prise en matière d'argent pour les députés englobait aussi Eva Kaïli ».

Ainsi, Andrea Cozzolino, l'eurodéputé napolitain dont la Sûreté de l'État avait flairé la proximité – quasiment l'intimité – avec le sommet de l'État marocain, se serait aussi rapproché dangereusement de Doha. Et voici qu'apparaît un nouveau nom dans le dossier, celui de Comi[1], dont les policiers auditionnant Panzeri connaissaient pourtant à peine l'existence.

1. À ce jour, la justice n'a pas demandé la levée de l'immunité de Mme Comi, celle-ci n'a pas été auditionnée ni a fortiori inculpée.

La matérialité de cette réception à Doha est accréditée par le bornage téléphonique de l'Italien : il était au Qatar entre le 13 et le 15 avril. Mais certains contestent fermement leur présence à cette tablée. En particulier Lara Comi, qui, via son avocat, a indiqué qu'elle n'était pas allée à Doha à cette époque : « Mme Comi n'a jamais accepté de recevoir des financements pour la campagne électorale de 2019 en vue de sa réélection au Parlement européen sous une forme autre que ceux qui sont légaux et prévus par la réglementation en vigueur, ni des financements qui étaient liés à des accords visant à favoriser des États étrangers. Aucun financement pour la campagne électorale de 2019 proposé par M. Panzeri n'a donc été accepté, utilisé et non déclaré de la manière requise par la loi », assurait au mois de février 2023 l'avocat Gian Piero Biancolella[1].

Panzeri, lui, charge les noms qu'il vient de citer : « Je suis certain qu'à la fin de cette réunion les Qataris ont décidé de mettre à disposition pour les campagnes électorales des trois candidats 250 000 euros pour chacun. » Et sur ce présumé pacte de Doha : « Oui cela a été fait. Je vais m'expliquer… »

*

Le groupe social-démocrate au Parlement, le S & D, est dans le foyer de l'incendie provoqué par le QatarGate depuis le départ. Seul face au déferlement médiatico-judiciaire, seul contre tous les autres groupes qui le pointent du doigt. C'est un tsunami

1. Réinterrogé en vue de la publication de ce livre, l'avocat n'a pas répondu à nos questions précises mais estime que nos demandes à Lara Comi « reposent sur des déductions de faits inconnus "issus" de documents judiciaires couverts par le secret de l'instruction "et donc obtenus" en violation de la loi ».

pour le groupe de la gauche réformiste, la gauche des droits humains. Au cours de la première réunion collective à huis clos pour débriefer le scandale, la présidente du groupe verse même quelques larmes.

Pourtant, il ressort de notre enquête qu'un lien ténu pointait dès la première perquisition vers un membre du groupe PPE (groupe du centre et de droite), majoritaire dans l'assemblée. La vague de perquisitions du 9 décembre avait commencé par la visite au domicile d'un assistant jugé suspect, et d'ailleurs placé sur écoute, du nom de Giuseppe Meroni. Les policiers, dans leurs procès-verbaux des investigations préliminaires, lui avaient donné le pseudonyme Mint.

Meroni est indissociable de deux eurodéputés socialistes belges, Marie Arena et Marc Tarabella. Deux proches de Panzeri. Deux élus qui maîtrisent l'italien. Plus un troisième, le Sicilien Pietro Bartolo, un médecin lui aussi issu des rangs de la social-démocratie et qui ne boude pas un bon dîner avec l'ex-député de 67 ans dans son restaurant schaerbeekois favori. Mint, plus proche de la fin de carrière que du début, a été ou est encore leur assistant à tous les trois au moment de la visite. Il avait aussi travaillé sous les ordres de Panzeri par le passé. Quelques jours avant la vague de perquisitions, Meroni venait cependant de quitter le giron de Tarabella – pour qui il travaillait à mi-temps – pour rejoindre l'équipe d'une eurodéputée de son pays avec la gratification salariale maximale qu'on peut offrir à un assistant avec son niveau de diplôme. Accessoirement, Meroni change aussi de bord politique.

Il rejoint Lara Comi.

La jeune femme née en 1983 s'encarte chez Forza Italia, la droite conservatrice, à seulement 19 ans. Son mentor, son idole ?

Silvio Berlusconi. Le Cavaliere, qu'elle avait rencontré le 16 mai 2004 après avoir enjambé un muret du stade San Siro de Milan pour demander un autographe au président des Rossoneri. Ce match Milan AC-Brescia, le dernier de la carrière du légendaire Roberto Baggio, constitue un moment fondateur de la trajectoire politique naissante de cette fan de foot. Dans les premiers temps loin d'un poste électif, en tant que porte-parole des jeunes de Forza Italia Lombardie. Jusqu'à ce jour où Berlusconi attrape son téléphone : « Je n'oublierai jamais ce coup de fil du 2 février 2009 : “Lara, maintenant il est temps de postuler aux élections européennes, je suis sûr que tu ne me décevras pas.” Vous avez changé ma vie », raconte l'eurodéputée lors de l'hommage posthume à son mentor[1].

La protégée de Berlusconi est élue au Parlement européen à seulement 26 ans. Et commet une première faute politique : elle engage sa mère comme assistante parlementaire entre 2009 et 2010. Rattrapée par une enquête de l'Office européen de lutte antifraude (Olaf), Comi se voit réclamer 126 000 euros. Le règlement du Parlement venait en effet d'interdire d'engager des membres de sa famille. L'élue impute cette « erreur » à son comptable mais consent à rembourser cette somme.

Après deux premiers mandats à Bruxelles (2009-2019), Comi échoue à la première place non éligible sur sa liste du nord de l'Italie. Et comme les ennuis n'arrivent jamais seuls, la supportrice du Milan AC est en même temps embarquée dans un scandale politico-financier. Comi ne récupérera un siège parmi les eurodéputés du groupe de droite qu'en novembre 2022,

1. Post Facebook du 12 juin 2023 sur la page de Lara Comi à la suite du décès de Silvio Berlusconi.

sortant du banc de touche en remplacement de Berlusconi, parti au Sénat italien.

Lorsqu'il fait ses aveux dans les locaux de la police judiciaire fédérale, Antonio Panzeri lâche le nom de sa compatriote, alors que les enquêteurs ne l'avaient jusqu'alors pas dans le viseur.

Dans le rang des enquêteurs, c'est l'étonnement qui s'ajoute à l'étonnement. Un dossier hors norme depuis le départ : la faute aux immunités parlementaires qui entravaient légalement les investigations, en raison des sommes d'argent liquide folles trouvées en perquisition ou encore en raison de l'arrestation d'une des vice-présidentes de l'assemblée... Mais voilà que Panzeri sort de son chapeau une nouvelle suspecte et implique Cozzolino – aussi – dans le schéma qatari. Des surprises qui s'ajoutent à d'autres et qui ouvrent de nouvelles portes et de nouvelles pistes aux policiers et magistrats qui creusent ce dossier. Réflexion d'une source proche de celui-ci : « Le Qatar avait un plan depuis plusieurs mois, voire plusieurs années : la Fifa, racheter le PSG, toucher les syndicats, l'OIT... Le Parlement européen était un des maillons de cette stratégie d'influence. »

Une stratégie qui ne semble pas s'embarrasser des limites légales. Le plus gros scandale de corruption présumée de la démocratie européenne n'a pas encore dévoilé toute son ampleur.

*

Bien enfoncé dans sa chaise, toujours placé devant une caméra, Panzeri poursuit son récit du « pacte » de Doha présumé. « Il est important, pour démonter l'idée que je suis le grand chef, de comprendre qu'il faut que ces personnes acceptent cet argent en contrepartie des intérêts du Qatar dans le cadre de leur travail parlementaire », commence-t-il à se dédouaner au détriment des personnes qu'il vient de lourdement accuser de corruption. Kaïli, Cozzolino et Comi doivent avoir les oreilles qui sifflent.

« Dans ce contexte, un accord verbal a été définitivement établi : Francesco Giorgi prenait le rôle d'assistant parlementaire de Cozzolino avec un encadrement professionnel élevé », explique son ancien patron. Il explicite sa litote sur « l'encadrement professionnel élevé » à l'intention des enquêteurs : il faut comprendre « un salaire élevé ».

D'après Panzeri, l'argent promis par Al Marri lors du « pacte » présumé de mi-avril serait vite parvenu aux élus intéressés. L'imminence de l'élection, du 23 au 26 mai 2019, laisse peu de doutes quant aux réelles intentions qataries : plutôt que « soutenir des députés » pour leurs « campagnes électorales » (comme l'affirme Panzeri dans un premier temps) alors que celles-ci arrivent à leur terme au moment de la remise présumée des fonds occultes, il fallait surtout s'assurer la sympathie de députés en passe d'être réélus. Grâce aux bons offices de « l'Algérien » et sous la surveillance de Francesco Giorgi, le « gérant du cash », il aurait plu des euros au pays de la « drache[1] ».

« L'argent est arrivé à la maison de Francesco, rue de la Tulipe à Bruxelles. Un million deux cent cinquante mille euros en liquide. Je dois dire qu'il y avait aussi 250 000 euros pour moi et 250 000 pour Francesco dans le cadre de cet accord. Giorgi a distribué cet argent à tout le monde, y compris ma part. Il l'a remis à Eva et Andrea [Cozzolino]. »

Pour la troisième personne accusée, il y a un « hic ».

1. La « drache » est un mot employé dans le nord de la France et en Belgique francophone pour désigner une pluie soudaine et intense.

Deux semaines à peine avant le scrutin continental du 23 mai, Lara Comi va en effet être emportée dans la tempête de l'affaire dite de la « Cantine des pauvres ».

Cette affaire a défrayé la chronique en Italie. La Guardia di finanza avait placé pendant plusieurs semaines une caméra discrète dans un restaurant, le Berti, situé à deux pas du spectaculaire Palazzo Lombardia de Milan, un bâtiment tout en verre et acier qui accueille l'administration publique régionale. Le nom de l'enquête, « *Mensa dei poveri* », a été inspiré par le surnom que certains des prévenus attribuaient au restaurant chic où les micros avaient été posés. Le dispositif d'écoute avait capté une série de conversations entre des hommes d'affaires et des politiques locaux, soulevant des doutes sur la légalité de divers marchés publics. Les chefs d'accusation contre Lara Comi révélés par la justice et amplifiés par la presse dans la dernière ligne droite de sa campagne sont variés, allant de la fausse facturation à la corruption en passant par une nouvelle fraude présumée au budget du Parlement européen[1]. Lara Comi a toujours plaidé son innocence, mais cela lui a probablement coûté sa non-réélection. D'après Panzeri, ce dossier qui déboule brusquement dans l'agenda judiciaire de son amie aurait chamboulé tous les plans du groupe de Doha.

Est-ce parce qu'elle a senti le vent tourner ? Nul ne le sait mais, face aux policiers qui l'interrogent, Panzeri reprend : « Lara Comi m'a appelé en me demandant un service. Si je pouvais récupérer un sac dans son appartement à Bruxelles et le mettre de côté. J'étais à Milan, je ne pouvais pas, mais j'ai demandé à un assistant,

1. Lara Comi a été condamnée à quatre ans et deux mois de prison dans cette affaire, lors du prononcé du jugement à Milan le 3 octobre 2023. Elle a annoncé son intention de faire appel.

Giuseppe Meroni, d'aller chercher le sac. Meroni a été chercher le sac et l'a ramené chez lui. »

Les mois passent, Lara Comi échoue donc à être réélue à Strasbourg et ronge son frein, attendant qu'un député de sa liste quitte éventuellement le terrain parlementaire. Mais en novembre 2019, l'affaire de la « Cantine des pauvres » refait son apparition dans l'actualité politico-judiciaire puisque Lara Comi est arrêtée et placée en résidence surveillée. Le procureur lâche à l'époque cette phrase cruelle : « Malgré son jeune âge, Comi a fait preuve d'expérience dans le recours à des stratagèmes criminels éprouvés[1]. »

Devant cette arrestation, Panzeri s'inquiète. Il se souvient de ce sac appartenant à l'ex-candidate de Forza Italia qu'il aurait fait cacher chez son ex-assistant environ six mois plus tôt.

« Suite à la situation, je me suis rendu chez Meroni et on a ouvert le sac en sa présence. J'y ai vu quelques vêtements et des livres vides à l'intérieur avec 60 000 à 70 000 euros (je ne les ai pas comptés). J'ai donc tout pris, j'ai décidé de jeter l'argent dans une poubelle en rentrant chez moi. Meroni a vu l'argent mais il n'a rien pris et n'a rien demandé quand je l'ai emporté. »

Soucieux d'épargner son vieil ami, Antonio Panzeri « tien[t] à dire » que « Meroni n'a rien à voir avec le Qatar, le Maroc ou autre ». Mais, dit-il, « il a bénéficié de certains cadeaux ».

« À Lara, je n'ai rien dit. Car nous n'avons plus eu de contact jusqu'en 2022, poursuit Panzeri. En 2022, je lui ai juste dit que l'argent n'était plus là. [...] Par rapport au sac, je lui ai dit que l'affaire était finie et elle ne m'a plus rien demandé. »

Réinterrogé sur cette étrange histoire de sac de billets jeté à la poubelle, l'ancien eurodéputé italien confirmera ses dires

1. Sandro De Riccardis, « Corruzione, arrestati Lara Comi e l'ad dei supermercati Tigros », *La Repubblica*, 14/11/2019.

dans un nouvel interrogatoire. Mais, bien conscient que son histoire à peine vraisemblable d'argent jeté dans une poubelle de rue pourrait être perçue par « l'opinion publique » comme « du grand n'importe quoi », il tient à clarifier : « Dans un premier temps, Giorgi me dit ne pas avoir eu le temps de donner de l'argent à Comi, puis il me dit qu'une partie avait été remise. Mais quand je me suis rendu compte que Comi avait des problèmes en Italie alors j'ai décidé de me débarrasser de cet argent vu tous ces problèmes. » À l'en croire, l'Italien taciturne peut lui aussi être pris de panique.

Mais d'où venait cet argent qui, selon Antonio Panzeri, aurait été attribué à Lara Comi ? Il n'est pas si certain qu'il provienne du Qatar. « J'ai un point d'interrogation dans la tête, confie-t-il aux enquêteurs. Quelque temps après, j'ai rencontré Francesco Giorgi qui était soulagé d'avoir échappé au danger car il était sur le point de remettre l'argent à une collaboratrice de Comi, mais il ne l'avait pas fait suite à ce qui s'était passé en Italie. Donc, je ne sais pas si elle a reçu une tranche ou si cela vient d'ailleurs. Les 250 000 sont donc restés chez Francesco Giorgi et je ne sais pas ce qu'il en a fait », persifle l'ancien syndicaliste.

Giorgi a une version différente face à d'autres policiers qui le cuisinent : « Lara Comi a reçu 125 000 euros de ma part. Elle était venue rue de la Tulipe pour récupérer cet argent. »

Et, dans une audition postérieure, le compagnon d'Eva Kaïli se montre encore plus précis : « Elle était très copine avec Panzeri et il voulait investir sur elle pour la nouvelle législature 2020-2024. Elle devait obtenir 125 000 euros en plus par après en fonction de l'arrivée du cash en provenance du Qatar. »

Sa version rejoint alors partiellement le récit de son mentor : « Il y a eu un scandale en Italie concernant Lara Comi, explique Giorgi à propos de l'affaire de la Cantine des pauvres, des arrestations et des perquisitions. Panzeri a récupéré l'argent (125 000 euros) chez Comi en Belgique. »

*

À cette époque, on se presse rue de la Tulipe, où Francesco Giorgi, déjà en couple avec la députée grecque, vit encore seul. Toutefois bien entouré de ses sacs d'argent. Et chargé de jouer au distributeur de billets. Pas seulement, affirme-t-il, pour la candidate malheureuse de 2019.

Dans une audition vidéo filmée, l'assistant rhabille pour l'hiver le dernier député qu'il a épaulé avant son arrestation, à savoir Andrea Cozzolino. Affirmant que ce dernier était en contact direct avec « le Maroc » – comprendre Abderrahim Atmoun, voire le chef des renseignements extérieurs en personne – dont il recevrait des fonds et autres cadeaux, Giorgi ajoute que le Napolitain serait tout autant inclus dans le volet qatari. « J'ai donné cet argent en cash, 250 000 euros, à mon domicile », avoue Francesco Giorgi. Le montant n'aurait pas été rassemblé d'un coup mais, une fois la somme complète réunie, l'eurodéputé serait venu le chercher au cours d'une unique visite chez son jeune assistant. « Cette somme de 250 000 euros a été remise à Cozzolino dans un sachet et il l'a directement placé dans un trolley, lors du rendez-vous rue de la Tulipe, précise le banquier de l'organisation présumée. Cozzolino a quitté la rue de la Tulipe avec le trolley et s'est directement rendu au Parlement européen. » Une dénonciation que réfutera fermement l'eurodéputé italien en audition, jurant qu'il n'est jamais allé au domicile de l'assistant et qu'il n'a jamais reçu « de don aussi important de sa part ».

« Le package de Panzeri pour Cozzolino était le suivant : il pouvait avoir des contacts directs avec Atmoun pour le Maroc, 250 000 euros pour le Qatar et à condition de m'embaucher, résume Giorgi. Il s'agit du package "passage de flambeau" à Cozzolino pour le Maroc et le Qatar. »

Un « package » dont Andrea Cozzolino aurait voulu, dixit son assistant, rompre l'un des accords. Lequel ? Le généreux salaire qu'il devait verser à Francesco Giorgi en grevant son enveloppe prévue pour rémunérer toute une équipe. Un traitement privilégié qui ne manque pas de créer des tensions au sein de la petite écurie de l'élu. Ni une, ni deux, Panzeri et Giorgi se seraient ligués contre Cozzolino pour lui faire entendre raison. Quitte à user d'une menace à peine voilée : « À ce moment, j'ai enregistré une communication avec mon iPhone lors de laquelle j'ai dit à Cozzolino : "Tu te rappelles quand tu as pris le café chez moi ?" Je faisais référence à la remise des 250 000 euros rue de la Tulipe », balance Francesco Giorgi.

Andrea Cozzolino, par la voix de ses avocats, a toujours nié tout acte de corruption, réception d'argent ou actions sur commande en faveur de pays tiers. Andrea Cozzolino n'a pas souhaité répondre à nos questions détaillées.

Au cours du même interrogatoire, le « gérant du cash » se fait prolixe sur les conditions d'acheminement de tout cet argent liquide. Plus d'un million rien que début 2019.

C'est une histoire de rendez-vous secrets avec des intermédiaires inconnus que narre l'assistant déchu. Tel cet « homme venu des Pays-Bas en train avec un sac à dos » : « Il avait un business dans les diamants et avait des contacts avec les pays du Golfe », raconte-t-il. Les lieux de rendez-vous varient, une fois à la gare du Midi, une autre dans le quartier européen. « Les contacts avec cet homme se faisaient par Signal[1]. J'effaçais les messages ensuite », confie Giorgi.

Et dans les mois et les années qui suivent, les remises se seraient toujours déroulées ainsi – façon Panzeri. Un homme que son complice présumé qualifie diplomatiquement de « *old school* », accroché aux répertoires façon bottin téléphonique plutôt qu'aux agendas électroniques, aux remises d'argent cash plutôt qu'aux cryptomonnaies. Avec les défis logistiques que cela impose. L'annonce des premiers paiements qataris, explique Francesco Giorgi, se faisait par téléphone, « via un numéro [qu'il] ne connaissai[t] pas ». « Je recevais un message avec une adresse, j'allais chercher l'argent. [...] La personne qui me remettait l'argent était souvent d'origine arabe mais ce n'était pas toujours la même personne. Deux fois, c'était une personne d'origine caucasienne. L'échange se faisait en rue, je recevais un sac, il n'y avait pas de vérification. »

Un jour, précise Giorgi, le transfert se serait fait dans un appartement, proche de la basilique de Koekelberg au nord-ouest de la capitale : « Je suis allé en taxi et je suis revenu en Uber. » À une autre reprise encore, Francesco Giorgi se souvient d'un appartement au 3e étage d'une maison de maître, l'interlocuteur était de type caucasien, « il parlait anglais avec un accent des Pays-Bas ». Une autre fois, continue-t-il, « en 2018 ou 2019 », 300 000 euros auraient été apportés près du palais royal par l'équipage d'une Audi noire immatriculée aux Pays-Bas. Des méthodes qui font furieusement penser à des systèmes Hawala. Un Hawala ? Ces transferts d'argent rapides et opaques reposent sur la confiance : une somme prédéterminée est déposée chez un courtier n'importe où dans le monde puis retirée par le bénéficiaire à un autre comptoir du réseau, en cash toujours, contre remise

1. Une application de messagerie encryptée.

d'un code secret. Circulant sans pour autant se déplacer, l'argent passe ainsi sous le radar des banques et des autorités.

Le Qatar disposait aussi de liquidités à Bruxelles. Selon la Cellule antiblanchiment belge, deux des comptes KBC de l'ambassade qatarie ont été débités entre janvier 2020 et décembre 2021 de 252 815 euros pour l'un, 49 545 euros pour l'autre. Parfois à coups de 10 000 euros. L'année suivante, de février à décembre 2022, le premier de ces comptes a encore décaissé sans trembler 124 734 euros en liquide.

Au total, conclut Francesco Giorgi, il devait recevoir avec Antonio Panzeri 4,5 millions d'euros de la partie qatarie sur la législature 2019-2024 : 1,5 million pour 2018 et 2019, 500 000 euros en 2019, 500 000 euros encore chaque année jusqu'en 2024.

*

Le scrutin passé, les pions se mettent en place sur l'échiquier européen. Avec Panzeri comme grand maître. « Kaïli et Cozzolino ont été élus, pas Lara Comi suite aux ennuis en Italie. Pour répondre aux engagements pris avec les Qataris, ils se sont mis dans des commissions », précise Antonio Panzeri. Le schéma qui aurait été prévu avec le Maroc apparaît être dupliqué avec le Qatar. « L'un », Cozzolino, se place « dans celle des affaires étrangères (Afet), et des droits de l'homme (Droi) », continue son compatriote devant les enquêteurs anticorruption[1]. Le Napolitain prend aussi « la responsabilité des urgences » – ce rôle précieux qui permet de filtrer ou au contraire pousser les

1. « Évitons de transposer les décisions politiques en décisions criminelles, a plaidé Cozzolino en audition. Ce n'est pas moi qui ai fait les négociations, ce sont les délégations et les chefs de groupe. »

idées du groupe S & D pour les résolutions d'urgence, des textes soumis au vote du Parlement et souvent en lien avec les droits de l'homme – « alors que Kaïli entre dans la délégation des pays du Golfe » (Darp). « Il était important pour ces deux personnes, Kaïli et Cozzolino, d'entrer dans ces commissions pour y être influents. Ils ont travaillé pour cela », salue leur ex-collègue.

Mais, à en croire son ancien bras droit, Panzeri omettrait de citer une troisième personne clé dans son schéma d'influence – voire d'ingérence présumée.

Il s'agit de Marie Arena.

La socialiste belge est l'une des meilleures amies de Panzeri. Arena jouit dans les couloirs du Parlement d'une réputation de bosseuse et de grande défenseuse des droits humains. Droits des Palestiniens, corruption au Liban, viols et excisions en Afrique… Elle est de tous les combats, de toutes les causes. Ces qualités lui sont reconnues au-delà de sa famille politique. Mais sa relation, quasi fusionnelle avec Panzeri, interroge. Les deux amis sont ainsi capables d'échanger pas moins de 389 contacts téléphoniques en neuf mois, à peine moins qu'avec l'irremplaçable Giorgi[1]. Lui, le héros syndical qui ne parle qu'italien, séducteur en diable, elle, la passionaria des droits de l'homme, dont la famille d'origine sicilienne rentrait au pays tous les étés de son enfance[2].

À l'été 2019, elle hérite du prestigieux siège de présidente de la sous-commission des droits de l'homme. Avec trois présidences de commissions au Parlement, le contingent belge est surreprésenté par rapport à son poids politique (21 députés, dont seulement

1. Ce comptage est issu d'un relevé effectué sur la téléphonie de Panzeri entre mi-décembre 2021 et mi-septembre 2022.

2. Quentin Jardon, « Europagate, le roman noir du Parlement européen », *Wilfried*, printemps 2023.

trois socialistes[1]). Faut-il voir dans ce passage de relais à la tête de la commission Droi la main invisible d'Antonio Panzeri ? Arena réfute : « On dit "Ah bah oui, c'est normal que Marie Arena soit devenue présidente de la commission droits de l'homme, parce que Panzeri !" Mais comment devient-on président d'une commission ? On a des points en tant que délégations. Donc la délégation belge dispose de tant de points et elle décide de mettre ces points sur des priorités. Ma délégation avait deux priorités dont celle de me placer présidente de Droi. Ça n'a rien à voir avec Panzeri, ce sont des points, c'est factuel ! » Elle ajoute, plusieurs mois après l'éclatement de l'affaire : « C'est un mec qui ne parle pas un mot d'anglais, qui vient d'une délégation italienne parmi d'autres et que personne ne connaît. Mais, à en lire la presse, Panzeri décidait pour tout le monde de tout. Incroyable ! »

Cette communion Panzeri-Arena ne cesse de questionner les enquêteurs. Depuis le coup d'envoi de l'investigation judiciaire et le fameux rapport déclassifié de la Sûreté de l'État belge : « Marie Arena bénéficie des conseils et de l'influence de Panzeri tandis que ce dernier utilise la position d'Arena comme présidente de la sous-commission des droits de l'homme au sein du Parlement pour exercer son influence », écrivent les services de contre-espionnage belges. « Arena et Panzeri travaillent [...] étroitement pour le compte du Qatar, enfonce la VSSE. Il ne s'agit pas de simples prises de contact qui pourraient être justifiées par les fonctions d'Arena, mais bien de situations où le Qatar dicte les propos qu'elle tiendra en tant que présidente de Droi. » La charge est lourde. Dans l'une de ses rares réponses aux questions de la presse après

1. Les deux autres présidents sont Johan Van Overtveldt (parti nationaliste flamand, N-VA), à la commission du budget et du marché intérieur, et Petra De Sutter (parti écologiste flamand, Groen) à la protection des consommateurs.

l'éclatement du QatarGate, cette néo-Bruxelloise, originaire de Mons, balayera cette analyse des services de renseignement : « Qu'une note de la Sûreté de l'État dise ce genre de choses m'étonne fortement. Et si c'est le cas, c'est mal me connaître. Je n'ai jamais agi sur les ordres de qui que ce soit[1]. »

Francesco Giorgi affirme à quel point la position d'Arena est stratégique pour le groupe qu'il forme avec Panzeri. Sans pour autant accuser – nuance de taille – la Belge de corruption :

« Il y a eu un passage de flambeau entre Panzeri et Marie Arena. Je sais qu'il y a une relation amoureuse entre eux, mais je ne sais pas s'ils avaient des accords. En tant que présidente de Droi, Marie Arena va reprendre les actions qui étaient entreprises par Panzeri auparavant (organisation de réunions, débats, orientations, communiqués de presse, etc.). »

Un second eurodéputé belge est accusé par Francesco Giorgi. Il situe là encore le présumé pacte de corruption au moment charnière du changement de législature.

« Marc Tarabella est à l'époque un copain de Panzeri. Vers la fin de 2019 je sais que les interventions de Tarabella étaient rémunérées. Avant cela, je ne sais pas. Tarabella était rémunéré en cash directement de M. Panzeri. Je n'ai jamais parlé de cash avec Marc Tarabella. »

*

Les enquêteurs anticorruption écoutent depuis deux heures et vingt minutes Antonio Panzeri décrire les rouages de son organisation en faveur du Qatar. Il a déjà chargé son « pote »

1. Louis Colart et Joël Matriche, « Corruption au Parlement européen : les liaisons dangereuses de Marie Arena », *Le Soir*, 05/01/2023.

Tarabella dans l'une de ses premières auditions, il s'apprête à réitérer ses accusations.

« Directement après les élections se fait l'approche avec Marc Tarabella. Francesco et moi, nous lui avons demandé de jouer le match, de jouer le jeu, ce à quoi il a répondu par l'affirmative. Il a reçu 20 000 euros comme première approche. De mes 250 000 euros j'en pris 20 pour payer Tarabella [...], l'objectif final était de lui promettre qu'à la fin de 2024 il aurait eu le même montant que les autres au terme du mandat 2024, donc 250 000 euros. »

Différence majeure avec les autres suspects du « pacte » présumé de Doha, Marc Tarabella, débarqué plus tard dans ce schéma de corruption présumé, n'aurait pas disposé de « sa » part du gâteau. Par conséquent, Panzeri affirme qu'il allait puiser dans sa propre manne financière pour gratifier le Belge. Ce que la défense de Marc Tarabella, qui conteste fermement toute réception de cadeaux, trouve non crédible.

« L'approche s'est faite entre fin juin et septembre 2019, car une fois qu'il avait donné son consentement il s'est mis dans la délégation avec les pays de la péninsule Arabique [...] dont il est devenu vice-président. La première fois, la remise d'argent s'est faite au restaurant. Au Parlement, je ne lui ai jamais rien remis. L'argent lui a été remis soit au restaurant, soit chez moi. À quelques occasions, Francesco Giorgi était présent. »

Les deux hommes se connaissent depuis plus de dix ans. De quoi nouer une solide amitié. Suffisant, dit l'accusateur, pour proposer au Wallon de signer un pacte avec le diable.

« Je savais avec qui je parlais, il pouvait me dire oui ou non, il m'a dit oui. Pourquoi je pensais qu'il pouvait me dire oui ? C'est très simple, raconte l'Italien sur un ton professoral, j'ai une grille d'évaluation. Ma grille d'évaluation est la suivante : l'amitié que nous avions m'a permis de poser ce genre de questions, le fait que c'était son dernier mandat, le début d'une future activité de lobbying. Il ne voulait pas aller dans la délégation Darp, il y est allé pour cette raison. »

Panzeri confirme le premier chiffre qu'il avait avancé, soit entre 120 000 et 140 000 euros qu'il aurait personnellement versés à Tarabella. Mais il se veut plus précis : ce ne serait plus « 20 000 euros tous les trois mois environ », comme il l'avait dit antérieurement aux policiers. « Je résume, dit l'ancien syndicaliste : le premier versement entre juin et septembre 2019, un deuxième avant la fin de l'année 2019. Rien en 2020 », année Covid où Antonio Panzeri a d'ailleurs attrapé le virus qui ravageait sa région natale, manquant d'y perdre la vie. « Le reste entre 2021 et 2022, entre 80 000 et 100 000 euros. »

9

Repenti

26 décembre 2022, 10 heures

Au lendemain de Noël, Francesco Giorgi est extrait de prison pour une quatrième audition. Le QatarGate fait la une des médias internationaux et particulièrement européens depuis deux semaines et demie. Sans répit. L'assistant italien va couper court à cet interrogatoire : « Je voudrais faire une déclaration spontanée. Je n'ai pas consulté mon avocat pour cela. »

Giorgi a des griefs à adresser à la direction de cette enquête. Trois griefs exactement. Méthodique et organisé, comme à son habitude, le jeune papa va les lister un à un : primo, « la violation du secret de l'instruction et le risque pour ma sécurité personnelle et celle de ma famille » ; secundo, « l'absence de garantie de la part des enquêteurs concernant ma disponibilité à collaborer » et tertio, « la prolongation de ma détention préventive et celle de ma femme ».

Les fuites dans la presse, dit-il, le mettent en danger. Ses mots sont lourds de sens : « En Italie, on dit qu'un homme qui parle est un homme mort. C'est la mafia qui dit ça. Au lieu de me protéger, j'ai été exposé, on m'a fait passer pour un traître et condamné à mort. J'utilise ces mots très forts car vous savez que le Qatar et le Maroc ont un réseau et une capacité de pénétration impressionnante dans tous les pays du monde... »

Francesco Giorgi se plaint aussi de ne voir aucun signe d'ouverture de la part des magistrats ou enquêteurs sur sa situation et celle de sa femme, en dépit de sa collaboration affichée : « D'un côté, je l'ai fait car je suis convaincu que moralement c'est le bon choix mais aussi car, à plusieurs reprises, les enquêteurs m'ont dit que collaborer aura sûrement un impact positif pour moi et, ma femme. » Or, fustige-t-il, « je n'ai vu aucun signe positif concret qui s'est présenté. La détention d'Eva a été confirmée et, moi, je suis détenu dans des conditions inhumaines et indignes pour les droits des détenus. La prison de Saint-Gilles est un vrai scandale au cœur de l'Europe ». Différents rapports internationaux ne donnent pas tort au détenu sur ce point.

La priorité absolue de Francesco Giorgi est que sa compagne et lui-même sortent de prison. « Si je ne me trompe, les raisons justifiant une détention préventive concernent la disparition de preuves, le risque de collusion, de fuite ou réitération du crime de la part du détenu », avance l'assistant parlementaire, qui a correctement potassé son sujet. « À mon avis, il n'y a aucun de ces risques », estime-t-il. Et sur le risque de collusion, il va lancer un pavé dans la mare : « Je vous informe que je me suis retrouvé, avec stupeur [...] à partager trois jours la même cellule que M. Panzeri. » Étonnant. Les policiers lui demandent des précisions : « J'étais d'abord avec un Chilien en cellule. On m'a ensuite dit que, pour ma protection, je devais aller dans l'aile A et je me suis retrouvé avec M. Panzeri en cellule. Comme je vous l'ai dit, j'ai passé trois jours avec lui. Cela devait être le week-end du 17 décembre. »

Une révélation surprenante à plus d'un titre. D'abord parce que, comme le dit Giorgi, le placement dans la même cellule de deux suspects met à bas l'objectif d'éviter la collusion. Ensuite, parce que le juge d'instruction avait rédigé une ordonnance interdisant aux détenus de se croiser.

Alors, incompétence ou stratégie secrète ? « Ça ne peut pas être intentionnel, ou alors ce serait une boulette monumentale, monstrueuse », s'étrangle Guy Rapaille, président honoraire de l'organe belge de contrôle des services de renseignement – le Comité R – et ancien avocat général. « Je n'ai jamais vu de ma carrière qu'on mette deux suspects de la même affaire dans une cellule. Est-ce que cela peut être volontaire ? Je ne peux que formuler des hypothèses. Les aurait-on mis ensemble avec un micro dans la cellule ? Ce serait la seule hypothèse crédible selon moi. » Guy Rapaille poursuit son raisonnement : « Et si c'est la Sûreté de l'État qui a mis cela en place, ce serait une méthode de renseignement doublement contrôlée par des organes indépendants, sans compter que je n'imagine pas qu'un service fasse cela dans le dos du parquet fédéral. » Questionnée, la Sûreté se dit « malheureusement dans l'incapacité de répondre ». La question traite « de méthodes de renseignement. Nous ne nous exprimons jamais sur le sujet ». Le parquet fédéral, de son côté, n'a pas répondu à nos questions.

Une autre hypothèse, plus folle encore, est avancée par une source proche du dossier. Cette mise en commun des deux suspects aurait pu servir à tester un Panzeri conscient d'être « sonorisé » dans la cellule partagée, afin de voir s'il pouvait faire parler son ex-complice. Une hypothèse pas forcément invraisemblable, dans la mesure où Panzeri était en négociations avancées pour obtenir un statut judiciaire bien particulier.

*

Mardi 17 janvier 2023, 13 heures

Les deux avocats d'Antonio Panzeri sortent du bâtiment qui abrite le parquet fédéral belge, à deux pas de ce palais de justice enserré depuis 1984 (oui, 1984 !) par de hideux échafaudages. Leur client monte dans le fourgon qui le ramène à la prison. L'Italien au cœur du QatarGate vient de s'offrir une carte « sortie de prison ». Il a paraphé les huit pages de son mémorandum de « repenti » avec un procureur fédéral adjoint.

Contre une peine clémente – cinq années de prison dont une seule ferme, 80 000 euros d'amende avec les deux tiers de sursis et une confiscation de minimum un million –, Panzeri « s'engage à faire des déclarations substantielles, révélatrices, sincères et complètes » sur l'affaire de corruption présumée au Parlement européen. Le QatarGate connaît un nouveau rebondissement. Au parquet fédéral, on est aux anges : c'est la promesse d'une enquête facilitée, donc plus rapide. Du moins le croit-on. Dans le camp Panzeri, on se réjouit d'un accord « qui donne une perspective » au retraité de 67 ans.

Ces négociations se sont déroulées dans un climat de secret. À l'image de cette réunion début janvier dans une salle du QG de la police fédérale, en présence de Panzeri lui-même, ses avocats, un interprète, le substitut du procureur fédéral et des hommes du service de protection des témoins.

Ce dispositif de justice négociée est récent dans le droit belge. Le seul précédent « repenti » connu était un agent de joueurs dans le cadre d'un autre mégadossier piloté par le parquet fédéral pour des fraudes et de la corruption présumées dans le milieu du football professionnel belge. Mais l'accord promet de faire grincer des dents, surtout du côté d'Eva Kaïli et de Marc Tarabella, que Panzeri s'apprête à dénoncer dans ses auditions vidéo filmées. « Ce n'est pas un repenti, c'est un traître », estime un avocat de la première ; « C'est une prime à la délation », dénonce le conseil de l'autre. Les suspects, qui clament leur innocence, promettent de combattre jusqu'au bout cet accord *pentiti*. Jusqu'à, espèrent-ils, obtenir sa révocation. En argumentant sur une absence de proportionnalité de la mesure ou, mieux, en démontrant que l'inculpé Panzeri aurait menti au cours de ses interrogatoires.

Les avocats de Panzeri ont arraché cet accord de haute lutte, dans une sorte de course contre la montre – ont-ils un moment cru – avec Francesco Giorgi, lui aussi passé assez rapidement à des aveux partiels. Dès son second interrogatoire. « Le problème, c'était que Giorgi ne voulait pas lâcher sa femme », Eva Kaïli, souffle une source proche du dossier. Le ministère public a bien envisagé un moment la possibilité de proposer ce statut à l'assistant. C'est finalement le dirigeant de l'organisation criminelle présumée – il accepte cette casquette dans son mémorandum – qui a décroché la timbale. Pas banal.

10

De « sérieuses » activités

30 septembre 2022, 14 h 53

— Broadway, comme c'est beau ! Nous y sommes passés ! Mais pourquoi je n'ai pas pu y aller, excuse-moi ! s'exclame Dolores.

— Hi hi… Parce que tu sais, nous…

— Moi pas à New York, pas au Qatar… Mais vous amenez Mme Bellini !

— Nous, pauvres petits vieux, sommes obligés de rester chez nous.

— Non ! Ça ne me va pas du tout, cette histoire de faire venir Bellini. Ça m'embête. Et toi, tu ne me fais pas venir !

Gesticulant au téléphone, Antonio Panzeri s'efforce de calmer son épouse, de lui faire oublier que, le 27 novembre et sur invitation des Qataris, c'est avec leur fille, un de ses amis et une comptable italienne de 55 ans, Monica Bellini, qu'il découvrira le stade Al-Bayt, une arène de 68 000 places inaugurée un mois plus tôt et dans laquelle vont s'affronter l'Espagne et l'Allemagne.

Quelques semaines plus tard, le verbatim de cette écoute téléphonique est transmis au juge d'instruction et au parquet fédéral, la conversation annonce un prochain voyage de l'ex-eurodéputé à Doha, et il n'y sera pas seul : « Notons que la dénommée Bellini, qui semble devoir accompagner Panzeri Pier Antonio lors de son voyage au Qatar, est actuellement inconnue/non identifiée du présent dossier », écrivent les enquêteurs. Un anonymat qui ne va pas durer.

Fin 2018, alors que ses jours à la tête de la commission droits de l'homme sont comptés – il ne se représentera pas aux européennes de mai 2019 –, Antonio Panzeri décide de se reconvertir, comme il le dira en audition, « dans une activité sérieuse ». Autrement dit, du conseil en affaires européennes : les liens entre l'Union et la Turquie, les implications du Brexit et la rédaction d'une lettre d'information. Le premier essai, dit-il, se fait en partenariat avec un entrepreneur turc que les Qataris lui ont présenté mais, ne parlant pas anglais, n'ayant aucune connaissance en droit et encore moins en fiscalité, Panzeri convainc Giorgi de jouer les interprètes, rémunère – 75 000 euros par an – sa fille, avocate, afin qu'elle l'alimente en « avis juridiques et légaux sur le processus du Brexit », se tourne vers son amie Monica Bellini, une fiscaliste milanaise, afin qu'elle immatricule les sociétés *ad hoc*[1]. « Je voulais faire du lobbying après avoir terminé mon activité parlementaire, se justifie Panzeri devant les policiers. Je n'ai jamais aimé le cash, je ne parle que pour moi, pas pour Giorgi. Je voulais utiliser cette structure pour qu'elles [les entreprises clientes] s'abonnent à la newsletter et payent une cotisation, c'était donc une année de transition. » Plutôt qu'une société, Panzeri et ses amis en immatriculent deux : la première en Estonie, la seconde à Opera, au sud de Milan. Prudent – il est encore parlementaire –, il veille à n'apparaître sur aucun des

1. L'épouse et la fille d'Antonio Panzeri n'ont pas souhaité répondre à nos questions.

documents officiels. Equality Consultancy Oü (société à responsabilité limitée) est logée dès septembre 2018 dans un immeuble gris de six étages de Tallinn qu'entourent un sex-shop et quelques fast-foods. La comptable napolitaine et deux proches de Francesco Giorgi sont les seuls actionnaires référencés dans les statuts de la société. Trois mois plus tard, le 6 décembre, Bellini enregistre en Lombardie Equality Consultancy SRL, qu'elle administrera officiellement avec Luciano et Stefano Giorgi (père et frère de Francesco) puis avec un ami de Silvia, la fille d'Antonio Panzeri. Si la structure estonienne a été timide durant sa brève existence de dix-huit mois, sa sœur italienne, elle, a affiché un chiffre d'affaires de 240 000 euros en 2019 et de 76 000 euros l'année suivante. En un peu moins de deux exercices, ce sont plus de 300 000 euros qui ont donc été facturés par la jeune société – « des fonds venaient du Qatar par la Turquie », se souvient Panzeri. Giorgi est un peu plus précis, il explique qu'un des proches du ministre Al Marri et de son collaborateur Boudjellal Bettahar, un homme surnommé le Palestinien, les aurait mis en contact avec Hakan Camuz, un activiste des droits humains britannique d'origine turque, gestionnaire de plusieurs sociétés de droit anglais. C'est pour celles-ci qu'aurait travaillé Equality Consultancy SRL : « Pour justifier le recours à une société italienne par une société anglaise, il fallait que des prestations soient effectuées en langue anglaise. J'ai donc demandé à des connaissances de ma famille qui connaissaient l'anglais et qui ont effectué de vraies prestations sans connaître le dessous des cartes. »

Installé à Londres, Hakan Camuz admet sans difficulté avoir été en contact avec Francesco Giorgi et la société italienne Equality : « J'ai rencontré Giorgi à Doha, c'était un homme brillant, qui avait bonne réputation au Parlement européen, nous explique-t-il. À travers deux de mes sociétés, j'ai fait pour eux des travaux de consultance entre

2019 et 2021. » Il affirme par contre n'avoir jamais rencontré Antonio Panzeri et ne pas connaître ce « Palestinien » dont parle Giorgi et qui aurait servi d'entremetteur. Il dément aussi et surtout avoir, via ses sociétés, le moindre lien avec le Qatar. « Je voudrais ajouter que je n'ai rien à voir avec ce scandale, rien à voir avec de potentiels pots-de-vin ou la conduite illégale de certaines personnes. Nous avons été trompés par de fausses promesses de mettre en lumière notre travail en matière de droits de l'homme dans l'Union européenne. »

La société italienne a baissé le rideau au mois de juin 2021. « Cette année de transition a été mouvementée, il y avait un problème de confiance avec le partenaire turc qui m'avait été indiqué par les Qataris », se désole en audition l'ex-politicien italien. « Ce manque de confiance a amené Bellini et Giorgi à aller à Londres et en Turquie pour se rendre compte de la situation car c'était un peu compliqué. » Le manque d'entrain du partenaire turc et de Giorgi ainsi que la crise Covid auraient mis prématurément fin à cette aventure entrepreneuriale.

Visée par un mandat d'arrêt européen émis par la justice belge, Monica Bellini a été arrêtée par la brigade financière italienne le 17 janvier 2023. Au mois de mai toutefois, la cour d'appel de Milan a refusé son transfert en Belgique, estimant que les griefs formulés dans le mandat d'arrêt étaient imprécis[1]. « Je suis totalement innocente, réagit par la voix de son avocat Monica Bellini. J'ai confiance en la justice belge, elle arrivera à la même conclusion. »

Son incursion dans le monde des affaires, des PowerPoint et des diagrammes de Gantt ne devait, a soufflé Panzeri aux policiers anticorruption, durer qu'un an, jusqu'au terme de son mandat électif. Une fois abandonné son siège de parlementaire,

1. « Italian court refuses to extradite former EU lawmaker's accountant to Belgium », Reuters, Milan, 09/05/2023.

à l'été 2019, une carrière de lobbyiste lui ouvrait les bras. « Quand j'étais président de la commission des droits de l'homme, j'ai vu qu'il y avait un secteur qui n'était pas couvert, c'est celui de l'impunité et de la justice transitionnelle[1]. Par exemple en Afrique du Sud, quand on est passé de l'apartheid à la démocratie. Il faut soutenir les responsables pour assainir la situation, comprendre et passer d'un régime à l'autre. » Son nouveau domaine d'action est donc tout trouvé : Antonio Panzeri fonde en septembre 2019 à Bruxelles l'Association pour la lutte contre l'impunité et pour la justice transitionnelle (AITJ), en abrégé Fight Impunity. « Je n'y reçois personnellement aucune rémunération, mais seulement le remboursement des frais », ajoute-t-il. L'objectif de cette association, dit-il lors d'une autre audition, n'était pas d'influencer, de s'ingérer ou de corrompre, mais de « développer des sujets en rapport avec l'impunité et d'aider la Cour pénale internationale ». L'expérience de Panzeri sur la scène internationale lui avait permis d'ajouter au conseil d'administration honoraire de son association naissante des noms prestigieux : le prix Nobel de la paix 2018 et gynécologue congolais Denis Mukwege, l'ancien Premier ministre français Bernard Cazeneuve, l'ancienne commissaire européenne italienne Emma Bonino, l'ex-commissaire à l'Immigration grec Dimítris Avramópoulos… Ce dernier fut néanmoins le seul à être rémunéré – 60 000 euros de février 2021 à février 2022 –, il en démissionna comme les autres lorsque éclata le scandale. Ces membres ont tous exprimé publiquement leur courroux d'avoir été embarqués dans cette histoire, d'autant qu'à l'exception du Grec ils n'étaient affichés sur le site de Fight Impunity qu'à titre honorifique, avec une implication nulle dans les activités de l'association.

1. Le principe est, lorsqu'une société sort d'un conflit armé ou d'un régime autoritaire, de revenir à l'apaisement et à l'État de droit. Ainsi par exemple, les commissions de vérité et de réconciliation qui ont successivement été mises sur pied au Chili, en Argentine et en Afrique du Sud.

« Nous ne nous sommes, Panzeri et moi, rencontrés que deux fois », commente Dimítris Avramópoulos[1]. « La première fois en octobre 2019, un mois avant la fin de mon mandat, à Strasbourg (la Commission européenne était au courant), où il m'a demandé si j'accepterais d'être membre de Fight Impunity après la fin de mon mandat de commissaire. La deuxième fois, c'était lors d'une conférence au Forum de Delphes, en Grèce. » Si l'ancien commissaire européen a accepté de rejoindre Fight Impunity, c'est parce que, poursuit-il, « l'objectif était intéressant et de nombreuses personnalités estimées se sont jointes à moi et après toutes les approbations formelles nécessaires de la Commission européenne ».

Si elle n'a a priori pas enrichi l'ex-eurodéputé Panzeri, Fight Impunity a, à tout le moins, prolongé sa crédibilité et sa légitimité dans l'enceinte européenne. Lui permettant d'y aller et venir à son aise, de réseauter dans le restaurant des députés, de se faire inviter à des débats et des auditions[2] : la présentation en mai 2022 de son rapport sur l'état de l'impunité dans le monde, une collaboration à Bruxelles puis à Paris avec les services de recherche parlementaires (EPRS) pour la première conférence internationale des droits humains, un briefing au Parlement pour présenter, une fois de plus, le rapport coédité par Fight Impunity sur l'état de l'impunité dans le monde, etc.

Le financement de l'association a été assuré par deux fondations, l'américaine Human Rights Foundation (HRF) et la sud-africaine Sekunjalo Development Foundation (SDF). À raison

1. Au moment du bouclage de cet ouvrage, Dimítris Avramópoulos n'avait ni été auditionné ni a fortiori inculpé. L'ancien commissaire grec n'est accusé de rien.

2. Louis Colart et Joël Matriche, « Corruption au Parlement européen : les liaisons dangereuses de Marie Arena », *Le Soir*, Bruxelles, 05/01/2022.

de 600 000 euros entre 2020 et 2022 pour la première et de 225 000 euros pour la seconde entre juillet et septembre 2020. « Une autre manière de financer de la part du Qatar se faisait par le biais d'une société basée aux USA, s'appelant Human Rights Foundation », a déclaré Francesco Giorgi aux enquêteurs. Panzeri se souvient, lui aussi : « J'ai demandé à Al Marri et "l'Algérien" si, en tant qu'agence [le Comité qatari des droits de l'homme, NDLR], ils connaissaient des ONG qui pourraient financer Fight Impunity. Ils m'ont dit que oui [...]. Ils m'ont donné deux noms, une fondation sud-africaine [...] et la Human Rights Foundation. »

« Notre fondation a un passé irréprochable et constant de dénonciation des violations des droits de l'homme dans les pays impliqués dans ce scandale », s'indigne le CEO de la HRF, Thor Halvorssen. Il cite notamment la publication, en novembre 2022, d'un rapport très critique sur les droits humains au Qatar[1]. S'il confirme que sa fondation a été le principal bailleur de fonds de Fight Impunity et a bien embauché la fille d'Antonio Panzeri comme traductrice à raison de 3 000 euros par mois, il jure qu'aucun financement n'est venu de l'émirat – « Nous n'avons aucune relation avec le Qatar, nous ne recevons pas d'argent de leur part, nos états financiers le prouvent et ils sont à la disposition de la justice belge » – et s'étrangle ainsi d'avoir été abusé. HRF s'est déclarée personne lésée auprès de la justice le 2 mars 2023 : « Quand nous avons appris l'existence de cette enquête, nous avons voulu, par prudence, être conseillés par les autorités [...]. Le FBI nous a demandé s'il pouvait consulter les communications que nous avons eues avec Fight Impunity. Nous les lui avons fournies. »

1. « Qatar's human rights record in the world's spotlight », Human Rights Foundation, New York, 18/11/2022.

Quant au fonds Sekunjalo, il a également démenti, par voie de communiqué[1], avoir le moindre lien financier avec le Qatar et entend « vérifier que les fonds versés à Fight Impunity ont été utilisés pour la cause à laquelle ils étaient destinés ».

Uccle, 7 octobre 2022, 18 h 21

— Bonjour, dit le bijoutier.

— Heu… Hello. Est-ce qu'on peut parler en anglais ?

— Heu…

— Non, je vais essayer en français, bredouille Niccolò Figà-Talamanca.

— Il faut mieux en français, oui.

— OK. J'ai reçu comme cadeau une nouvelle montre Cartier, elle est sous garantie. C'est un cadeau du boulot, je n'ai pas de raison d'y être attaché alors je voudrais savoir s'il est raisonnable de la vendre et acheter quelque chose d'autre.

— Le mieux serait de nous envoyer une photo du produit par mail.

— Très bien, alors. J'ai tout. J'ai la boîte, le modèle, la garantie avec la date de début, il y a peut-être deux mois.

— OK, très bien.

Ce bijou d'une valeur catalogue de 7 500 euros serait effectivement un « cadeau du boulot » comme cela ressort de cette écoute téléphonique : Niccolò Figà-Talamanca, activiste des droits humains et secrétaire général de l'ONG No Peace Without Justice (NPWJ), l'aurait obtenue du gouvernement qatari lors d'un voyage à Doha. « C'est le cadeau que j'ai reçu de la commission des droits de l'homme quand j'étais au Qatar », se justifie-t-il

1. Ce communiqué du 16 février 2023 est accessible sur le site sekunjalo.com.

deux mois plus tard, non devant le bijoutier mais face au juge d'instruction Michel Claise, qui se prépare à le mettre sous mandat d'arrêt. « J'étais gêné et je n'ai pas su dire non, elle est toujours chez moi et je ne sais pas quoi en faire, elle est dans mon living sur une étagère. »

« Je n'ai vendu ni tenté de vendre aucune montre », réplique Figà-Talamanca à notre liste de questions. « Lors du même séminaire de formation au cours duquel j'ai présenté le rapport "Undue Influence", mes étudiants m'ont remis une montre à la fin de la formation. Le rapport "Undue Influence" expose l'ingérence étrangère des Émirats arabes unis, détaillant l'ampleur et l'intensité des efforts des Émirats arabes unis pour influencer les processus démocratiques de l'Union européenne. La montre était un cadeau non sollicité de mes étudiants, et à mon retour, je l'ai fait évaluer dans un magasin local, sans intention de la vendre, mais pour confirmer qu'elle convenait pour participer à une tombola de Noël ou à une campagne d'adhésion de mon organisation. »

Le bureau belge de NPWJ, dont Niccolò Figà-Talamanca est responsable, a ses locaux au cœur de Bruxelles, rue Ducale, à la même adresse que Fight Impunity. Troublant, mais il en fallait davantage pour inciter les policiers à perquisitionner le domicile de Figà-Talamanca et les bureaux bruxellois de son organisation au mois de décembre. Puis le juge à l'écrouer à la redoutée prison de Saint-Gilles, le suspectant de corruption et de blanchiment d'argent. Il y restera près de deux mois.

Ainsi, considérée comme incriminante, une conversation qu'ont entretenue Giorgi et Panzeri un soir de novembre 2022 et qu'ont écoutée les services belges de renseignement. Les deux hommes sont allés au restaurant avec leurs partenaires qataris, le Dr Al Marri et son collaborateur Bettahar. Il est 21 h 30 et, dans l'appartement que loue Panzeri avenue Plasky, le duo italien se livre à un surréaliste exercice de calcul mental, additionnant et soustrayant afin d'établir ce décompte qu'ils se sont engagés à fournir dès le lendemain à Bettahar. Extrait :

— Stop ! *Basta !* Ensuite, j'ai touché 500 et 500, dit Panzeri.

— Avec les… virements… C'est-à-dire via Niccolò ? lui demande Giorgi.

— 500 sont rentrés, les autres devraient encore rentrer mais de toute façon…

— Donc, les 500, il les a déjà sur son compte, Niccolò ?

— Ceux-là, il les a déjà eus…

— OK, opine Giorgi.

— Ceux-ci doivent encore rentrer, ils rentreront petit à petit. Mais théoriquement, ils devraient rentrer dans le courant de cette année, dans le courant de l'année 2022.

L'entièreté de la conversation est versée au dossier judiciaire et commentée par les policiers : « Ils parlent ensuite de l'implication d'un certain Niccolò, que la VSSE identifie dans son rapport comme Figà-Talamanca. Une somme de 500 000 euros aurait transité via ses comptes. » Plus tard, le néo-repenti Panzeri reviendra sur ses liens financiers avec Niccolò Figà-Talamanca et l'association dans laquelle celui-ci s'est investi, No Peace Without Justice, affirmant aux enquêteurs que l'idée était plutôt de se servir de NPWJ pour recevoir provisoirement – « 400 000 ou 500 000 euros par an » – les fonds *in fine* promis par les mécènes à Fight Impunity.

Quant à l'ami Niccolò, « il ne connaît rien des accords que nous avons eus avec le Qatar », dira Panzeri pour le disculper. Le suspect Figà-Talamanca se défend en personne : « Je peux affirmer sans hésitation que je n'ai reçu aucun argent ni de Giorgi, ni de

Panzeri, ni même de qui que ce soit d'autre. Mon seul revenu est le revenu de mon travail, qui n'a pas changé depuis des années. » Dans ses réponses à nos questions, l'Italien fustige l'attitude de la justice et des services de renseignement belges, qu'il soupçonne d'avoir été tuyautés par les services secrets des Émirats arabes unis – grand adversaire du Qatar – ou leurs affidés en Europe : « La raison pour laquelle j'ai été ciblé par les services secrets et diffamé par des médias sans scrupule n'a rien à voir avec cette coopération en matière de droits de l'homme, qui concernait des événements ouverts et publics, co-organisés et cofinancés avec d'importantes institutions européennes, mais qui, je crois, concernent exclusivement mon plaidoyer en faveur des droits de l'homme, révélant l'influence étrangère dans les processus démocratiques européens. »

Aucun élément de notre enquête n'indique d'interférence des Émirats[1] ou d'autres États extérieurs à l'Union dans les enquêtes de renseignement ou judiciaires belges. Les partenaires de la Sûreté de l'État, sur ce dossier, étaient tous européens.

L'emprise des services secrets marocains, au contraire, n'a apparemment cessé de croître.

1. En juillet 2023, une enquête journalistique intitulée « Abou Dhabi Secrets » a révélé comment la société de renseignement privée suisse Alp Services avait été engagée par le gouvernement des Émirats arabes unis pour espionner les citoyens de 18 pays. *Le Soir* (dont un auteur de cet ouvrage) a participé à cette enquête pilotée par le réseau European Investigative Collaborations. Selon cette enquête, l'ingérence des Émirats au niveau des institutions de l'UE via l'agence suisse semble s'être limitée à de la prise de renseignements sur de potentiels acteurs étiquetés comme « pro-Qatar ». Il n'y a aucun indice que ces approches aient influencé d'une quelconque manière le futur dossier « QatarGate ».

11

Des costumes et des cravates

2 juillet 2019

Lorsque est lancée à Strasbourg la neuvième législature européenne, députés aguerris et nouveaux venus – le plus jeune a 21 ans, le plus âgé 82 – se tapent dans le dos pour les premiers, se jaugent pour les autres. Antonio Panzeri, lui, n'est pas de la fête, l'ancien poids lourd de la gauche syndicale et politique italienne, l'ex-combattant pour les droits humains au Parlement, a raccroché les gants. Descendu du ring, il ne prend pas sa retraite pour autant, son AISBL[1] naissante, Fight Impunity, requiert de l'attention, ses amis du Qatar et du Maroc aussi. Parce qu'il faut à ceux-ci de nouveaux interlocuteurs dans l'enceinte bruxelloise, il leur aurait glissé les noms des eurodéputés italiens Andrea Cozzolino, Alessandra Moretti et Brando Benifei d'après ses déclarations à la police[2]. Si les deux premiers n'ont pas donné suite à nos demandes de commentaires,

1. En droit belge, une Association internationale sans but lucratif est un groupement de personnes physiques ou morales qui poursuit un but désintéressé d'utilité internationale.

2. Au moment de boucler cet ouvrage ni Mme Moretti ni M. Benifei n'ont été entendus par la police.

Brando Benifei est, lui, précis et formel : « Je n'ai jamais, que ce soit personnellement ou via un de mes assistants, eu de contact direct avec M. Atmoun pendant ou après les élections de 2019, insiste-t-il. Au contraire, je me souviens que M. Panzeri et son assistant m'avaient convié à une réunion à Rome en disant que ce serait l'occasion d'y rencontrer des gens et en mentionnant M. Atmoun mais je n'y suis pas allé et n'ai envoyé personne pour y assister, même s'ils ont insisté. » Puis : « Il va sans dire que je n'aurais jamais pu penser et que personne n'aurait pu penser que cette suggestion plutôt limitée et apparemment inutile de M. Panzeri pouvait faire partie d'une sorte d'activité criminelle liée à des tentatives d'influencer les processus démocratiques européens. J'en conclus que, sans doute pour se faire valoir, M. Panzeri a pu donner mon nom et d'autres noms à M. Atmoun mais cela n'a jamais eu de suite. »

Après le départ d'Antonio Panzeri du Parlement, Andrea Cozzolino prend la tête de la délégation Maghreb et embauche celui qui fut son assistant, Francesco Giorgi, désormais sans emploi.

« Francesco m'a dit qu'il en avait un peu plein le dos des coups de fil incessants et des demandes d'Atmoun car il avait déjà à gérer le Qatar et qu'il n'avait plus envie de la partie Maroc », expliquera Panzeri lors d'un interrogatoire en février 2023. « Et en tout cas, pas gratuitement. [...] Il voulait laisser tomber le Maghreb (sauf s'il se faisait payer). »

Giorgi, semble-t-il, n'a pas dû batailler longtemps pour convaincre son ami que le temps des défraiements en médailles et *citytrips* était révolu, l'expertise et l'entregent ont un prix, 50 000 euros par an.

« J'ai donc organisé une réunion entre Atmoun et Giorgi en ma présence, reprend Panzeri face à la caméra que manipule un des enquêteurs. Je situe cette réunion en octobre ou novembre 2019. Nous nous sommes vus au restaurant Un Posto al Sole à côté de chez moi. Nous avons eu une longue discussion et il a été décidé de nous rétribuer en cash. Il a été convenu de nous donner chacun 50 000 euros chaque année. »

Lors de cette même audition filmée, en compagnie de deux policiers, d'une interprète et de son avocat Laurent Kennes, l'ex-mandataire détaille :

« J'ai eu 20 000 euros et Giorgi 10 000 euros pour le trimestre en cours, soit le dernier trimestre de 2019. Giorgi aurait été compensé plus tard par un voyage au Maroc pour compléter les 10 000 euros déjà reçus. Vu le *lockdown* et mon Covid long – j'ai été hospitalisé –, nous n'avons rien touché en 2020. Puis nous avons reçu 50 000 euros chacun en 2021. En 2022, nous avons reçu 25 000 euros chacun en octobre. »

Un total de 180 000 euros donc, selon Panzeri, pour protéger les intérêts du Maroc au cœur de l'Union. La première livraison aurait eu lieu dans un hôtel proche de la rue Royale, à Bruxelles. La deuxième, en 2021 et « en coupures de 50 et 100 euros », dans l'appartement que possède Abderrahim Atmoun à Paris. La troisième remise d'argent, en octobre 2022, aurait aussi eu lieu dans la capitale française : à Bruxelles, Giorgi aurait embarqué son acolyte dans sa Land Rover, ils auraient filé tous deux sur l'E19 puis l'A1, rejoint le pied-à-terre de leur ami marocain et auraient chacun empoché leur acompte de 25 000 euros. Inespéré : « J'estime avoir été bien payé, dans la mesure où les relations entre l'Union européenne et le Maroc sont solides, confesse Panzeri. Nos relations sont bonnes et étroites, ça ne nécessitait pas un gros travail. » Mais il y aurait eu un souci : « Giorgi est revenu à Bruxelles plus tôt et je suis rentré en Thalys, seul, se désole le repenti. Dans le train, j'ai été victime d'un vol bizarre. J'avais réparti la somme dans deux endroits différents : 10 000 euros dans ma valise et 15 000 euros dans mon sac à dos. À mon arrivée à Bruxelles, mon sac à dos était toujours là mais il manquait l'argent que j'y avais caché. » Fâcheux.

Entrepreneur à succès et politicien accompli, Abderrahim Atmoun sait flatter ses amis. Épris de langue française, il connaît vraisemblablement cette maxime qui veut que « charité bien ordonnée commence par soi-même » : « Quant aux fonds versés, j'ai le sentiment que Belharache et Atmoun gardaient certains montants pour eux », suppute Panzeri.

Mohamed Belharache, c'est M118, l'espion qui venait du chaud, l'agent traitant d'un policier des frontières à Orly[1], le « Jason Bourne » des services secrets marocains. Ce fantôme, Panzeri affirme l'avoir rencontré à trois reprises au moins à Rabat, c'est avec lui, indique-t-il à la police judiciaire, qu'il aurait négocié les remises d'argent. Yassine Mansouri, le patron depuis 2005 de la Dged – le service marocain de renseignement extérieur –, aurait été présent : « On parlait de politique européenne. »

Né en 1962 à Boujaâd, une ville relativement modeste (50 000 habitants) située entre Marrakech et Meknès et qui a pour particularité d'avoir vu naître cinq anciens ministres marocains et deux dignitaires israéliens, Yassine Mansouri a fait ses classes avec le roi Mohammed VI au prestigieux Collège royal de Rabat. Enclavé dans l'enceinte du palais, cet établissement primaire et secondaire a été fondé en 1942[2] par le roi Mohammed V – le grand-père de l'actuel monarque –, il est réservé aux membres de la famille royale, à quelques fils de notables et à une poignée d'élèves parmi les plus prometteurs du pays. S'asseoir sur les bancs du Collège royal, c'est donc être délivré de ces contingences qui corsètent la plupart des habitants d'un pays où le revenu annuel moyen frôle à peine les 2 000 euros[3]. C'est

1. Voir chapitre 4.

2. Catherine Graciet et Éric Laurent, *Le Roi prédateur*, Le Seuil, 2012.

3. Haut-Commissariat au plan du Maroc, revenu annuel moyen par personne en dirhams.

aussi se garantir d'indéfectibles et précieuses amitiés : également compagnon de classe de Mohammed VI, Fouad Ali El-Himma[1] est depuis plus de dix ans un de ses plus proches conseillers ; Mohamed Rochdi Chraïbi fut directeur du cabinet du roi[2] ; Hassan Aourid a été le porte-parole du Palais[3] puis l'historiographe du royaume[4] ; Fadel Benyaich est l'ancien ambassadeur du Maroc en Espagne...

Un bel avenir était donc promis à Yassine Mansouri. Licencié en droit, fonctionnaire au ministère de l'Information et de l'Intérieur puis directeur de l'agence Maghreb Arabe Presse entre 1999 et 2003, il dirige ensuite pendant plus de dix ans les Affaires intérieures[5]. Jusqu'à sa nomination le 14 février 2015 à la tête de la Direction générale des études et de la documentation, l'équivalent de la DGSE en France.

C'est donc l'espion en chef de Rabat, un proche du roi, un élément essentiel de l'appareil d'État marocain qui, dès l'automne 2019, reçoit Panzeri et, selon ce dernier, libère les fonds nécessaires à la lubrification des rouages du Parlement européen.

Le protocole régissant ces rencontres entre Panzeri et Mansouri était, raconte le premier, millimétré : « À Rabat, à l'hôtel Sofitel, une chambre m'était réservée où j'arrivais vers 13, 14 heures. On

1. Fahd Iraqi, « Fouad Ali El Himma : l'homme-orchestre de Mohammed VI », *Jeune Afrique*, 21/06/2016.

2. Mohamed Foulahi, « Le come-back de l'ancien directeur de cabinet de Mohammed VI », Maghreb Intelligence, 23/10/2019.

3. José Garçon, « Mohammed VI achève son premier mois de règne », *Libération*, 24/08/1999.

4. Abdellatif Mansour, « Hassan Aourid, nouvel historiographe du Royaume : l'homme, la fonction et la manière », *Maroc Hebdo International*, n° 863, 27/11/2009-03/12/2009.

5. Omar Dahbi, « Un civil à la tête de la Dged », *Aujourd'hui le Maroc*, 15/02/2005.

me conduisait ensuite, vers 20, 21 heures, chez ce monsieur. À ces réunions, il n'y avait pas de remise d'argent. C'était son assistant Belharache qui s'occupait de ce genre de détails. » Manifestement peu au fait de la structure sécuritaire marocaine, Panzeri se souvient, un brin candide : « L'argent et les voyages n'étaient pas pris en charge par Atmoun mais par une agence marocaine. Je l'ai découvert car ma clé d'hôtel était dans une pochette avec le nom de la réservation. Il s'agissait de la Dged, détaille l'Italien en audition. C'est là que j'ai compris. »

Toujours selon l'ancien eurodéputé, Andrea Cozzolino, qui lui a succédé à la présidence de la délégation pour le Maghreb, n'envisage pas cette promotion sans bénéficier à son tour des avantages extralégaux qui l'auraient accompagnée. « Cozzolino était toujours à la recherche de ressources financières, il voulait toujours plus d'argent, il m'a demandé ce qu'on pouvait faire avec le Maroc », charge Antonio Panzeri dans une de ses confessions filmées. « J'ai proposé à Atmoun de le rencontrer à Varsovie, j'étais du voyage mais je n'ai pas assisté à cette réunion. Une véritable relation s'est créée entre eux. » L'eurodéputé napolitain serait aussi, selon la même confession, parvenu à se faire inviter avec un de ses proches à un match du Paris Saint-Germain : « Je sais que ça s'est fait car c'est Giorgi qui gérait son agenda. [...] Atmoun a organisé et pris en charge les vols de Naples à Paris ainsi que les frais sur place. »

Interrogé à son tour, Francesco Giorgi ne dit pas autre chose : « Atmoun lui remettait directement de l'argent, à savoir des "costumes" et des "cravates". » En récompense de sa souplesse, continue Giorgi, Cozzolino aurait reçu de l'argent du Qatar et, pour le volet marocain, aurait été mis en contact avec Atmoun. En contrepartie, il lui était demandé d'embaucher Francesco, que le départ de Panzeri privait d'emploi, et de le rémunérer davantage que ses autres assistants. Interrogé au mois de juin par la juge Aurélie Dejaiffe, Andrea Cozzolino a affirmé que la référence à des « cravates » résultait d'un « quiproquo », à savoir qu'il avait un jour offert quatre cravates à Atmoun et que c'était en quelque sorte devenu un sujet de plaisanteries. Il affirme aussi que la décision d'embaucher Giorgi aurait été prise par lui seul et de son propre chef.

Selon un mémo de la Sûreté de l'État, Cozzolino aurait lui aussi rencontré à une reprise au moins Yassine Mansouri. Vraisemblablement au début du mois de novembre 2019 : « Un officier de la Dged aurait réservé deux billets d'avion pour le 3 novembre 2019 pour Andrea Cozzolino », rapporte, avec le conditionnel de rigueur, cette note confidentielle des services secrets belges. Puis, avec la même prudence : « Il s'agirait d'un vol Casablanca-Rome sur Alitalia puis Rome-Naples. La VSSE ne peut confirmer que Cozzolino ait pris part à ces vols. » Enfin, il est fait aussi état, dans ce document que la Sûreté a transmis aux autorités judiciaires, de rencontres à Bruxelles et à Varsovie entre Abderrahim Atmoun d'une part, Panzeri et Cozzolino d'autre part.

Le mardi 20-06-2023 à 10 h 00, audition audio-filmée de Cozzolino Andrea :

(...)

– Avez-vous rencontré Atmoun au Maroc ?

– Oui.

– À quelles occasions ?

– J'ai rencontré M. Atmoun, je ne me souviens pas des dates précises. Dernièrement, sûrement en novembre 2019, puis c'est tout.

Je venais d'être élu président de la commission Maghreb (Dmag), le Maroc n'avait pas encore nommé le nouveau président la commission parlementaire. J'ai sollicité

Atmoun, il m'a dit qu'au Maroc arrivaient des élections et qu'il faudrait attendre encore un peu avant d'avoir un dialogue avec un parlementaire Marocain.

Voilà comment surgit l'idée de faire un premier voyage privé au Maroc. J'étais dans une période particulière de ma vie, mon fils étudiait ici, c'était compliqué pour moi de bouger. Après des discussions, nous avions décidé de faire ce voyage très bref de deux jours, à condition que je rencontre une personnalité qui me permettait de rencontrer des personnalités au Maroc.

Il m'avait parlé d'une rencontre avec le conseiller du Roi, dont j'ai oublié le nom, comme dit hier au juge d'instruction. C'était quelqu'un qui s'occupait des affaires étrangères. Je pense que le Roi du Maroc a deux conseillers importants qui se sont formés, qui ont suivi le même parcours de formation. L'un suit plutôt les affaires intérieures, la politique intérieure et l'autre est plus expert en politique extérieure. J'ai eu l'occasion de le rencontrer avec Atmoun à Rabat.

Donc, nous nous sommes rencontrés à Rabat, Atmoun, moi, le conseiller du Roi, nous avons discuté de la politique en Méditerranée.

Et puis je suis rentré, à cette occasion, j'ai exprimé à Atmoun, pas vraiment une déception, mais je n'étais pas très content qu'Atmoun ait invité Panzeri à cette occasion, c'est pour ça que j'avais demandé que la rencontre avec le conseiller du Roi ait lieu entre nous trois, sans Panzeri.

– Panzeri n'était pas présent lors de cette rencontre ?

– À votre question, j'étais seul. J'avais demandé à Giorgi de m'accompagner. Il n'a pas assisté à la rencontre avec Atmoun et le conseiller du Roi. Atmoun parlait italien donc je n'avais pas besoin de Giorgi.

– À quel moment Giorgi est-il intervenu dans ce voyage au Maroc ?

– C'était mon premier voyage à l'extérieur. C'était pour le mettre à l'épreuve. Il a participé avec moi à une rencontre de parlementaires marocains.

Nous sommes allés à Casablanca, Rabat, puis Casablanca et ensuite nous sommes repartis en Italie.

C'était le 04/11/2019, je m'en souviens car c'était l'anniversaire de [...]. C'était le dernier voyage que j'ai effectué avant la pandémie. J'avais planifié des rendez-vous avec les parlementaires à rencontrer. Mais nous n'avons pas pu les rencontrer.

– Revenons à ce voyage, qui a organisé les déplacements ?

– Je suis parti d'Italie, Giorgi de Bruxelles, Panzeri, je ne sais pas. Pour le retour, je suis rentré seul en Italie.

– Qui a payé ?

– J'ai été invité par le gouvernement Marocain. Nous avons logé dans un hôtel au centre de Casablanca.

*

Dolores rapporte à son mari ce qui s'est passé pendant le voyage.

— Tout s'est bien passé, on nous a fait passer comme des VIP's, on est allés boire un café chez Atmoun.

— Est-ce que vous avez vu les boîtes ?

— Oui, on les a vues. Parce que après, il a lancé quelques produits dans les sacs avant de partir. Hi hi hi !

— Hi hi hi !

— Des boîtes [incompréhensible] à lui, pratiquement ! Hi hi hi ! Il en a ouvert deux, il nous a montré. Il a pris quelques produits, les a lancés dans le sac, « dites que c'est un cadeau d'Atmoun »... Mais moi, je les ai mis dans la valise, j'ai réussi. Il y avait quatre trucs, le reste il l'a gardé.

— J'ai compris.

— Compris ?

— OK.

Le 4 juin 2022, Dolores et Silvia, épouse et fille d'Antonio Panzeri, arrivent au Maroc, elles sont reçues par Abderrahim Atmoun avec tous les égards, comme en témoigne cette conversation téléphonique interceptée et enregistrée par la Sûreté de l'État. Ce jour-là, est-il relevé, « Panzeri a contacté cinq fois sa femme [...], ce qui correspond à un comportement inhabituel ». Ce voyage aurait eu pour motivation de « ramener de possibles rétributions pour des activités d'ingérence du Maroc ».

Les « boîtes », les « cadeaux », les « produits » sont-ils des liasses de billets que Panzeri aurait omis de considérer lorsqu'il livra aux enquêteurs le détail des 180 000 euros qu'il affirme avoir reçus, en même temps que Francesco Giorgi, en retour de leurs actions pour le Maroc ? Pas davantage que son épouse et sa fille, l'ancien eurodéputé n'a souhaité nous le préciser.

Les raisons de la prodigalité des Marocains, tout comme celle des Qataris, ont quant à elles été explicitées aux policiers par l'assistant Giorgi lors de ses auditions. De la plus inattendue des manières.

12

Neutraliser, promouvoir, attaquer

Samedi 10 décembre 2022, 12 h 46

Le lendemain de son arrestation, espérant retrouver sans trop tarder sa fille et le confort de son appartement bruxellois, Francesco Giorgi devient intarissable face aux enquêteurs, évoquant sa vie, son œuvre et, pièce maîtresse de cette dernière, une feuille de calcul nommée « *Meetings and Activities* », tapie dans son Google Drive et qui résumerait, explique-t-il, les activités de lobbying, sinon d'ingérence, menées avec Antonio Panzeri au profit de leurs clients marocains ou qataris. « Je vous donne le mot de passe du fichier Excel », propose-t-il aux policiers, qui s'empressent de prendre note. En fin d'après-midi, le juge d'instruction douche les espoirs de retour à la maison de l'assistant parlementaire en l'expédiant à la prison de Saint-Gilles.

Six jours plus tard, deux experts en informatique extraient de l'ordinateur de Giorgi cet aide-mémoire numérique dans lequel il a consciencieusement retranscrit toutes les actions qu'il se targuait, auprès des commanditaires, de mener en duo avec Panzeri. « Les activités les plus importantes, glisse-t-il, ont été mises en œuvre par Panzeri avant son départ, lors de sa dernière législature au Parlement européen. » À l'été 2019, dès la fin de son mandat et surtout celle de sa stratégique présidence de la commission Droi, Panzeri aurait transmis le flambeau à des « soldats », selon Giorgi. Il cite notamment les eurodéputés Marie Arena, Andrea Cozzolino, Marc Tarabella et Pietro Bartolo[1], ainsi que quelques assistants et conseillers. Des fantassins qui se seraient alignés au son du clairon par vénalité pour les uns, parce qu'ils se sentaient redevables à l'égard de ce briscard de la politique pour les autres.

Ainsi ce conseiller politique S & D et ancien collaborateur de Panzeri, John[2], accusé tant par Panzeri que par Giorgi d'avoir reçu de leurs mains entre 10 000 à 20 000 euros « fin 2019 » avec « de l'argent en provenance du Qatar », dixit l'assistant. John « était très choqué par la proposition d'argent de Panzeri, mais au final il a accepté ». Selon eux, le conseiller qu'ils accusent de corruption passive avait pour consigne de se placer auprès de deux organes parlementaires stratégiques pour l'organisation Panzeri : la délégation avec les pays du Maghreb (Dmag) et la sous-commission droits de l'homme (Droi). Contacté directement et par le biais de ses avocats, John « conteste catégoriquement avoir reçu de l'argent ou un quelconque avantage de qui que ce soit dans le cadre de l'exercice de ses fonctions, qu'il a toujours accomplies dans le strict respect de ses obligations légales et statutaires » disent ses avocats Antoine de le Court et Natacha Dugardin. « Les propos de M. Panzeri ou de M. Giorgi [...] relèvent du délire le plus complet. » Les conseils de l'intéressé en veulent pour preuves le classement sans suite de l'enquête administrative diligentée par le Parlement européen, ses comptes bancaires « transparents » ou ses économies « minimes et

1. Au moment ou nous écrivons ce lignes, seuls MM. Cozzolino et Tarabella ont été inculpés par la justice belge.

2. Prénom d'emprunt.

traçables ». « L'affirmation selon laquelle MM. Panzeri et Giorgi seraient venus trouver John chez lui pour tenter de le corrompre, voire pour réussir à le corrompre, est une invention pure et simple. MM. Panzeri et Giorgi, avant le scandale, bénéficiaient aux yeux de notre client d'une grande estime, surtout M. Panzeri, qui en toute objectivité, avant qu'on ne sache qu'il était corrompu, était considéré par tout le sérail comme un homme issu du milieu syndical, soucieux d'autrui, attaché aux valeurs de nos sociétés occidentales, et ses initiatives dans Fight Impunity étaient saluées par tous [...]. Ces deux personnes étaient donc jugées par notre client comme des personnes de grande confiance, jusqu'au jour où le scandale a éclaté », recadrent Mes De le Court et Dugardin. « Comme bons collègues et le chef historique de notre client. MM. Giorgi et Panzeri sont venus plusieurs fois chez notre client pour des dîners conviviaux, il a donc été aisé pour eux de s'accorder sur le fait qu'ils sont venus chez notre client ensemble, alors qu'ils partageaient la même cellule[1]. C'est sans doute à la faveur de cette "colocation préventive" que Panzeri a dicté les choses à dire à Giorgi. »

Pour plan de bataille de ceux qui sont présentés par Giorgi comme ses soldats, trois mots d'ordre : « neutraliser », « promouvoir », « attaquer ». Ce qui, en langage de parlementaire, se traduit par annihiler les offensives menées par les adversaires du Maroc et du Qatar, améliorer l'image de ceux-là auprès des institutions européennes et mener des offensives contre leurs adversaires historiques, l'Algérie dans le cas du Maroc, les Émirats, l'Arabie saoudite et quelques autres pour le Qatar. D'une générosité en apparence sans limite, le Qatar devait en avoir pour ses pétrodollars : d'avril 2018 à décembre 2022, 199 actions en faveur de la monarchie du golfe Persique sont référencées par Giorgi dans cette feuille de calcul

1. Lire chapitre 9.

qu'il partageait – en version papier ou par WhatsApp, précise-t-il aux policiers – avec le bras droit du Dr Al Marri.

S'enchaînent ainsi des initiatives de première importance, comme la signature au printemps 2018 du mémorandum entre les commissions droits de l'homme du Parlement européen et du Qatar, et d'autres moins formelles, notamment la dénonciation de brutales répressions chez les ennemis de mes amis, à savoir la Somalie, l'Arabie saoudite, la Libye, l'Égypte… Entrecoupées de mises à l'honneur du Qatar, comme dans ce communiqué du mois de septembre 2018, signé par Antonio Panzeri et saluant un assouplissement des règles à l'égard des travailleurs migrants[1]. Réforme qui « pourrait bien servir d'exemple à d'autres gouvernements de la région pour améliorer la situation des droits de l'homme dans leur pays ».

En octobre, la commission droits de l'homme communique sur l'assassinat par les Saoudiens du journaliste Jamal Kashoggi – dont la fiancée a été invitée à deux reprises par Antonio Panzeri au Parlement[2]. Le mois suivant, profitant d'une mission officielle au Canada, Panzeri se réjouit de l'engagement du ministre Trudeau à rétablir les relations avec les peuples autochtones[3]. Bien qu'à 10 000 kilomètres de Riyad, le président de la sous-commission parvient, dans ce communiqué, à provisoirement délaisser les Inuits pour dénoncer l'incarcération du blogueur saoudien Raif Badawi.

En ce même mois de novembre, Giorgi se réjouit auprès des clients qataris présumés que le Parlement européen parraine,

1. « DROI Chair welcomes end of exit permits for most migrant workers in Qatar as well as Qatar's new asylum law », communiqué de presse, Bruxelles, 05/08/2018.

2. « DROI Chair urges Saudi authorities to disclose Jamal Kashoggi's whereabouts », communiqué de presse, Bruxelles, 09/10/2018.

3. « MEPs : Canada's unprecedented commitments on indigenous rights await vigorous implementation », communiqué de presse, Bruxelles, 05/11/2018.

aux côtés des Nations unies et du Comité qatari des droits de l'homme, la conférence internationale sur la lutte contre l'impunité qui se tient à Doha. Car, s'ils peuvent se montrer persuasifs à l'égard de leurs collègues parlementaires et de certains conseillers politiques, Giorgi et Panzeri le sont davantage encore lorsqu'ils rendent compte de leurs actions, et de celles qu'ils auraient rêvé pouvoir mener, auprès de leurs commanditaires supposés, se créditant de toute initiative parlementaire favorable au Qatar ou désavantageuse pour leurs ennemis. Et ces derniers sont nombreux.

Afin de contrecarrer toute initiative susceptible de nuire à l'État gazier, les deux Italiens auraient pu compter – ressort-il de leurs auditions – dès la rentrée parlementaire 2019 sur le soutien d'Andrea Cozzolino, l'eurodéputé chargé de la coordination des résolutions d'urgence pour le groupe S & D. Autrement dit, Cozzolino était en position de freiner certaines résolutions et d'en encourager d'autres. Avec l'aide de Francesco Giorgi, devenu son assistant dès le départ en retraite de Panzeri, il serait parvenu, relate le relevé de prestations établi par Giorgi, à bloquer à sept reprises des propositions de résolutions d'urgence appelant le Parlement à s'indigner des conditions de travail des migrants au Qatar. Des actions surlignées de rouge dans le tableur. Ni le groupe S & D, ni la présidence du Parlement, ni l'État du Qatar n'ont souhaité réagir à nos questions sur le sujet.

En décembre 2021, ce sont des SMS interceptés par les services de renseignement qui pointent un curieux échange entre Giuseppe Meroni et Antonio Panzeri : à l'entame d'une réunion qui se tient au Parlement, le premier prend ses instructions auprès du second puis, lorsque s'achèvent les discussions, lui fait partager deux succincts *satisfecit* : « Qatar résolu » et « le quadriumvirat Cozzolino-Moretti-Arena-Tarabella a frappé avec précision, attention et efficacité ». Un échange qui correspond à une de ces dates surlignées en rouge dans le tableur de Giorgi.

À tort ou à raison, Antonio et Francesco s'attribuent encore le mérite d'autres engagements européens favorables à Doha : un communiqué de Marie Arena le 17 mai 2022 pour saluer les réformes lancées par le ministre Al Marri[1], Marc Tarabella qui applaudit des élections parlementaires au Qatar en novembre 2020[2] ou qui, deux ans plus tard, dénonce le boycott de la Coupe du monde dans les colonnes du quotidien belge *L'Avenir*[3], la mention du dialogue sur les droits humains qui a été établi entre l'UE et le Qatar dans le rapport 2021 du service diplomatique de l'Union européenne…

Les intrigues dont aurait bénéficié le présumé client marocain ont, elles aussi, été consignées avec rigueur par Giorgi. Trente-quatre actions supposées avoir été menées au bénéfice de Rabat entre novembre 2019 et février 2022 sont ainsi listées et annotées : adoption en novembre 2019 d'une résolution sur les libertés en Algérie[4], sabotage d'une résolution que voulait déposer l'ex-eurodéputée S & D néerlandaise Kati Piri en faveur de l'activiste et journaliste Maati Monjib[5]…

1. « Qatar : statement by human rights subcommittee chair Maria Arena », communiqué de presse, Bruxelles, 17/05/2022.

2. Tweet de Marc Tarabella, le 3 novembre 2020.

3. Sabine Lourtie, « "Boycotter le Qatar, c'est de l'hypocrisie" pour Marc Tarabella, eurodéputé anthisnois », *L'Avenir*, 26/10/2022.

4. Résolution du Parlement européen du 28 novembre 2019 sur la situation des libertés en Algérie, adoptée le 28 novembre 2019 à Strasbourg.

5. « Je me souviens très bien de cet incident, il ne s'agissait pas de Maati Monjib mais de la situation dans la région du Rif, réagit la parlementaire. En 2018, j'avais réussi à obtenir une majorité pour une résolution d'urgence sur la situation des droits de l'homme au Maroc. Lors de la dernière réunion interne du S & D, Antonio Panzeri, qui était à l'époque coordinateur S & D pour les urgences en matière de droits de l'homme, s'est mis en colère parce que je ne l'avais pas consulté et a donc bloqué le soutien du S & D lors de cette réunion. La résolution ne s'est jamais concrétisée. »

À en croire cette avalanche de mémos que Giorgi affirme avoir remis à leurs fidèles clients, quasiment toute activité parlementaire qui leur était de près ou de loin favorable était donc de leur fait. Fanfaronnades ? Dotés d'un indéniable sens des affaires, Giorgi et Panzeri avaient intérêt à se survendre, à s'attribuer le mérite de toute action qu'ils auraient rêvé d'entreprendre eux-mêmes. En tout état de cause, une fois confrontés aux enquêteurs, Panzeri et son ancien assistant deviennent inhabituellement modestes, ils ne prétendent plus avoir bouleversé l'ordre du monde, tout au plus surfacturé à des clients crédules.

« Panzeri leur a fait croire qu'il était en mesure d'influencer la position du Parlement alors qu'il est impossible d'influencer 705 députés », modère Giorgi en audition. Pour preuve, précise-t-il, le vote en juin 2021 d'une résolution déplorant la manipulation par le Maroc de mineurs non accompagnés pour faire pression sur l'Europe. Si Panzeri avait été le marionnettiste du théâtre parlementaire que décrivent les policiers, n'aurait-il pu empêcher la validation de ce texte qui desservait ses intérêts, interroge en substance Giorgi ? Et que dire alors, poursuit-il, du Qatar ? Un pays qui, au lendemain du début de la guerre en Ukraine et des difficultés d'approvisionnement en pétrole et gaz russes, a soudainement gagné en sympathie sur le Vieux Continent. L'émirat, largement documenté dans les relevés de prestations de Giorgi, avait-il objectivement besoin d'une poignée de farauds pour se défendre ou se faire valoir dans les couloirs du Parlement ? Ici encore, filmé par les policiers, Francesco tente de semer le doute.

Quelle était, en définitive, la part de bluff dans les rapports envoyés par Giorgi et son mentor à ceux qu'il présente comme leurs commanditaires ? Jusqu'à quel point ont-ils pu, avec leurs alliés, interférer dans le fonctionnement du Parlement européen ?

Leurs actions et inactions passées – de même que celles d'éventuels complices – seront-elles, à l'aune des éléments qu'apporte le dossier judiciaire, réexaminées par leur groupe politique, le S & D, ou par le Parlement ? Ne voulant interférer avec l'enquête en cours, ni l'un ni l'autre n'a souhaité commenter.

13

Les pralines

22 mai 2022, vers midi

Francesco Giorgi est au volant, Antonio Panzeri installé sur le siège passager. À ses pieds, un sac en papier aux couleurs de l'Inter Store, une des boutiques officielles du club de foot de l'Inter Milan. Les deux hommes font le trajet d'une heure et demie qui sépare Bruxelles de la commune de Wanze. Plus précisément, le restaurant niché au cœur du parcours de golf du Naxhelet. Dans la direction opposée, Marc Tarabella a moitié moins de route à faire depuis son fief d'Anthisnes pour rejoindre ses deux amis. Les trois italophones ont prévu un bon gueuleton au beau milieu de la Wallonie, avec vue panoramique sur le golf.

L'Inter Milan, la passion commune qui dévore l'eurodéputé belge et son « pote » Panzeri, vient de remporter la Coupe d'Italie en battant en finale la Juventus de Turin. Entre deux couplets extatiques sur le doublé du Croate Ivan Perišić lors des prolongations, Panzeri sort de sous la table du restaurant le fameux sac. Il contient un maillot célébrant la victoire en Coupe, destiné au fils de Marc Tarabella.

Là, les versions des protagonistes diffèrent. Diamétralement.

Si ce rendez-vous au restaurant n'est contesté par aucun des trois hommes – les enquêteurs ont même retrouvé l'addition payée avec la carte bancaire de Marc Tarabella –, il n'y avait, dans la version du bourgmestre d'Anthisnes, qu'un maillot de foot dans ce sachet ; dans celle de Panzeri, la tunique dissimulait 20 000 euros en cash pour la poursuite du travail de lobbying pro-Qatar de l'eurodéputé.

« Giorgi était là lors d'une remise d'argent : elle a eu lieu un dimanche dans le restaurant près du golf du lieu de résidence de Tarabella, se souvient ainsi Antonio Panzeri face aux policiers qui l'interrogent. Il s'agissait là aussi de 20 000. Je sais que Giorgi était présent car nous y étions allés avec sa voiture. Le reste du cash lui a été remis chez moi et Giorgi n'y était pas. » Il ajoute : « Fin 2022 je devais encore lui verser une tranche, d'ailleurs Tarabella m'avait demandé si les "pralines" étaient arrivées en octobre ou novembre 2022. »

Giorgi se rappelle le rendez-vous au golf, mais affirme n'avoir pas vu les billets. Il « suppose qu'ils étaient dans le sac » car Panzeri lui aurait dit « qu'ils se rendaient sur place pour remettre de l'argent à Tarabella[1] ».

10 février 2023, 7 h 31

Deux mois ont passé depuis la perquisition à son domicile d'Anthisnes. Une semaine depuis qu'il a voté lui-même, à main levée depuis un siège de député non inscrit – puisque exclu tant par le PS belge que par son groupe S & D –, la levée de son immunité parlementaire. Et ça y est. En ce matin froid de février,

1. Marc Tarabella ne nous a pas répondu spécifiquement sur ce rendez-vous au golf, mais il a toujours nié avoir reçu la moindre somme d'argent liquide ou le moindre cadeau.

trois enquêteurs en civil, juste munis de leur brassard de police, viennent sonner à la porte de son domicile. Marc Tarabella prévient son avocat par SMS, puis descend leur ouvrir. Il est immédiatement privé de liberté. Son épouse propose une tasse de café aux visiteurs matinaux, qui déclinent. On ne passe pas les menottes au suspect mais, après avoir ramassé quelques affaires, Marc Tarabella monte dans un véhicule de police qui l'amène à la maison communale d'Anthisnes, où il va assister à la perquisition de son bureau. Mme Tarabella, de son côté, suit une autre équipe de police partie vérifier le contenu du coffre que possède son mari dans une banque depuis vingt-cinq ans. Le résultat des deux perquisitions revient peu après aux oreilles du juge Claise : négatif. Arrivé au siège de la police judiciaire fédérale de Bruxelles en fin de matinée, l'eurodéputé est placé en cellule[1].

À 11 h 31, après quelques minutes d'attente dans le sous-sol du bâtiment, Marc Tarabella est installé dans une salle d'interrogatoire de l'Office central pour la répression de la corruption (OCRC). Accompagné de son avocat, il fait face à trois officiers. Et aux accusations dont il est l'objet depuis deux mois.

Commencent quelques banalités sur ses revenus, sa situation familiale, avant que les enquêteurs l'interrogent sur ses trajets professionnels. « J'ai fait beaucoup de voyages », se souvient le mandataire viré du PS. En Asie, à New York… Et bien sûr, au Qatar, deux séjours au total. D'abord trois jours à Doha pour une conférence sur les réseaux sociaux mi-février 2020. Une mission

1. Le même jour, la police comptait interpeller Andrea Cozzolino. Mal renseigné, l'appareil judiciaire ignorait que le député italien avait déserté son logement bruxellois, car il était traité dans une clinique napolitaine. Placé en résidence surveillée quelques jours en Italie, Cozzolino va s'opposer de longues semaines à sa remise en Belgique, avant de trouver un terrain d'entente avec le juge et de se rendre de lui-même à sa descente d'avion le 19 juin. M. Cozzolino a toujours clamé son innocence.

financée par le Comité des droits de l'homme du Qatar, dirigé par Ali bin Samikh al Marri, que l'eurodéputé avait omis de déclarer au Parlement (la faute à un emploi du temps chargé à l'époque, explique-t-il). Avion en classe business, deux nuits au Ritz Carlton (dont le tarif plancher pour la plus petite chambre se situe autour de 450 euros la nuit), une visite de chantier d'un stade en compagnie d'Alessandra Moretti et un discours rédigé par Francesco Giorgi, qui accompagnait Eva Kaïli également présente à la tribune… Tout s'était bien déroulé.

En septembre 2021, nouveau déplacement dans la capitale de l'émirat, cette fois sur le thème du droit des travailleurs dans le contexte de la future Coupe du monde. Selon le récit qu'en fait Tarabella, l'invitation venait du Qatar et s'adressait à Droi ainsi qu'à la délégation péninsule Arabique, dont il est un vice-président. Mais sa présidente, l'Allemande Hannah Neumann[1], ne souhaitait pas s'y rendre à cette date alors qu'une visite sur place était prévue à peine quelques mois plus tard. « Sur ce, Panzeri a voulu me voir et il me demande d'intervenir pour la faire changer d'avis et donc l'inciter à accepter. Il souhaite que l'on réponde favorablement à l'invitation. Je ne suis pas intervenu auprès de Mme Neumann car, selon moi, elle avait raison de ne pas perturber l'agenda prévu d'une législature. » D'après Marc Tarabella, c'est la présidente de Droi, Marie Arena, qui lui enjoint d'honorer l'invitation, mais dans le cadre de son intergroupe Sports. C'est ainsi qu'une petite délégation, dont fait partie Alessandra Moretti, s'est rendue à Doha. Aux frais du Parlement, cette fois. Étrangement, Antonio Panzeri et Francesco Giorgi seront aussi sur place. Comme des ombres dans le sillage de la délégation.

1. Eurodéputée allemande (Verts/ALE), présidente de la délégation pour les relations avec la péninsule Arabique.

Après avoir égrainé cette liste de voyages, Marc Tarabella va faire une révélation aux enquêteurs. En gage de sa bonne foi : « Je suis allé au Maroc, je pense en février 2016. Je souhaite vous expliquer ceci : c'est Panzeri qui m'a proposé ce voyage de quatre jours, qu'il m'offrait. C'était dans le cadre d'un voyage privé. »

Il a également assisté à une finale de la Coupe du monde des clubs : « Je précise également qu'en 2014, j'ai assisté à la finale Real Madrid contre San Lorenzo à Marrakech avec Panzeri, une députée italienne et Atmoun. »

L'incontournable coprésident de la commission mixte UE-Maroc, grand ami de Panzeri et corrupteur présumé dans le volet marocain du dossier.

« C'est Panzeri qui m'a proposé cela mais j'ai eu l'impression que c'était Atmoun qui payait et pas Panzeri. Quand j'ai voulu régler ma chambre d'hôtel le lendemain du match, la réception m'a indiqué que tout était payé. »

Le dernier voyage au Maroc de 2016, Marc Tarabella se le rappelle fort bien. Et pour cause… Invité par Atmoun, qui avait réglé les billets d'avion, il avait retrouvé sur place Antonio Panzeri, l'assistant de ce dernier à l'époque, Giuseppe Meroni, et un autre eurodéputé italien[1]. Tout ce beau monde a été invité à dîner chez Abderrahim Atmoun.

« Je me souviens qu'un matin, Panzeri me dit que l'on allait aller saluer Atmoun à une réunion. Sa réunion était un meeting politique de son parti (le parti Authenticité et Modernité) sous chapiteau. Nous avons salué Atmoun. Nous ne comprenions rien, vu que c'était en arabe. Une responsable du parti, dont je

1. Marc Tarabella évoque Flavio Zanonato. Membre du Parti démocrate, puis d'Articolo Uno après 2017, il siège comme eurodéputé de 2014 à 2019. M. Zanonato a aussi été ministre du Développement économique dans le gouvernement Letta. Il n'est suspecté en rien dans ce dossier.

ne me souviens plus le nom mais qui parlait très bien français, m'a demandé de dire quelques mots en français. Elle m'a présenté comme député européen et j'ai donc dit des mots de circonstance saluant le dialogue permanent entre l'Union européenne et le Maroc. »

Après deux nuits à l'hôtel Pullman de Casablanca, le Belge repart à Anthisnes. « J'ai été un peu surpris car c'était censé être un voyage de la sphère privée et je me suis retrouvé à un meeting. [...] J'ai été mis devant le fait accompli. »

L'audition se poursuit dans un climat serein. Marc Tarabella est questionné sur ses contacts, voire ses amitiés avec les autres suspects du dossier. L'intéressé raconte comment, alors qu'il se trouvait au restaurant le soir des premières perquisitions, il a reçu un coup de fil de son président de parti, Paul Magnette, interloqué par la mise sous scellés du bureau de l'un de ses assistants et d'une assistante de Marie Arena. « Il m'a demandé si Marie et moi étions impliqués dans cette affaire, ce à quoi j'ai répondu que non, mais que j'étais ami avec Panzeri depuis 2004. Je lui ai signalé que Panzeri, je le connaissais très bien, et Magnette m'a répondu : "Et Marie aussi." »

Antonio Panzeri, on y vient.

> – Des centaines de milliers d'euros ont été découverts lors de la perquisition à son domicile. Connaissez-vous les raisons pour lesquelles il détenait autant d'argent chez lui ? D'où venait cet argent et à quoi/qui était-il destiné ?
>
> – Je ne connais pas du tout les raisons et je tombe des nues. Je ne sais pas du tout. Sur interpellation, cela m'a étonné mais, à la fois, il aime bien parler d'argent et il aime parfois poser des questions qui ne se posent pas en tant qu'ami comme « tu gagnes combien toi en tant que bourgmestre ? »... II m'a dit,

en mai 2022, qu'il avait acheté, sur plan, un appartement à Milan pour 700 000 euros dans le quartier des affaires. [...]

– Panzeri vous a-t-il remis de l'argent en espèces ?

– Non.

– Vous êtes formel ?

– Oui, je suis formel. Et c'est la deuxième fois que je suis tombé des nues quand j'ai pris connaissance de sa déclaration, au Parlement lors de la demande de motivation de levée d'immunité. À votre question, je me suis dit « pourquoi raconter cela ? ». Personnellement, j'ai cru que j'avais été perquisitionné parce qu'Eva Kaïli m'avait téléphoné ou que vous aviez analysé son téléphone et que vous aviez retrouvé le contact.

Marc Tarabella est ferme. Les déclarations de Panzeri à son encontre ? « Du pur mensonge », « je suis choqué ». La rencontre au golf de Wanze ? Il n'y avait rien d'autre qu'un maillot de foot dans ce sachet, jurera-t-il dans un interrogatoire ultérieur. Son revirement apparent sur la question du Qatar et de sa très controversée Coupe du monde ? Un cheminement de plusieurs années, décrit le suspect : passé l'indignation vint le constat, vers 2016, que la Coupe ne serait pas réattribuée à un autre pays et donc, l'envie de pousser pour des réformes.

Mais quel intérêt aurait son « pote » italien à le charger de la sorte, relancent les policiers ? « Je me suis posé la question. Je me suis imaginé que, vu tout le pognon qu'on a vu étalé, c'est qu'il doit justifier en avoir donné à quelqu'un », explique Marc Tarabella, développant ainsi son axe de défense contre les paroles du « repenti ». En substance : l'argent cash retrouvé chez Panzeri devait être distribué, il fallait bien qu'il justifie son utilité. « Je n'ai pas eu d'accrochage avec Panzeri pour qu'il m'incrimine comme cela. Marie Arena a dit une fois, lors d'un appel téléphonique après que l'affaire a éclaté, "j'ai l'impression qu'ils nous ont monétisés". Cela veut dire qu'ils – Panzeri, ou Panzeri et Giorgi – ont dû faire croire à leur bailleur de fonds qu'ils s'en servaient pour payer les personnes qui pouvaient agir en leur faveur. »

Samedi matin, après une nuit en garde à vue, Marc Tarabella est présenté au juge d'instruction. L'interrogatoire est bien différent sur le fond, portant essentiellement sur une réunion au Parlement en présence du ministre du Travail qatari. L'eurodéputé belge le martèle : « Je nie avoir reçu argent ou cadeaux de Panzeri et autres. »

Michel Claise l'inculpe pour des faits de corruption publique, blanchiment et organisation criminelle, comme auteur ou coauteur présumé. Marc Tarabella – abasourdi – et son conseil, Maxim Töller, plaident dans la foulée contre un placement en détention préventive, le régime qui s'applique depuis deux mois déjà à quatre des cinq suspects arrêtés à Bruxelles lors des opérations du 9 décembre. « Mon client est présent, il répond à vos questions, on peut aller au *finish*, mais le mandat d'arrêt est une condamnation claire, il a déjà passé la nuit en détention et est déjà grillé mondialement, critique l'avocat. On n'a rien trouvé chez lui, pas un euro, ce sont les paroles d'une seule personne contre lui. »

Les deux hommes sortent du bureau du juge, attendant le verdict. Marc Tarabella s'assoit sur une petite chaise devant la porte du magistrat, dans ce couloir impersonnel d'un service public usé jusqu'à la corde. La greffière du juge sort après quelques minutes et tend un papier à Marc Tarabella.

C'est son mandat d'arrêt, il part à la prison de Saint-Gilles. Il y restera trois mois : « Ces mois passés en prison sont les pires de ma vie, se souvient-il avec angoisse. Être incarcéré quand vous êtes coupable n'est sûrement pas facile, je peux vous assurer que l'être quand vous êtes innocent, c'est l'enfer sur Terre. »

La vie de Marc Tarabella sera passée aux rayons X par les enquêteurs de l'OCRC, en particulier pendant les deux mois de détention préventive qu'effectuera le maïeur d'Anthisnes. Tout a été entrepris pour retrouver trace de ces « 120 à 140 000 euros » que Panzeri dit lui avoir versés de 2019 à 2022.

Si la matérialité de la rencontre au golf de Wanze en mai 2022 entre Giorgi, Panzeri et Tarabella a pu être établie, aucune somme d'argent n'a été découverte au cours des différentes perquisitions. Alors, les policiers ont passé au tamis la vie privée de l'eurodéputé. Constatant à cette occasion le train de vie pour le moins dépensier de l'europarlementaire wallon : travaux à domicile (mais à crédit), mais surtout des frais de bouche, des tournées offertes, des cadeaux pour ravir ses ami(e)s. « Je vous confirme que je suis un grand dépensier. J'utilise beaucoup mon argent pour des dépenses en restaurants, j'offre des verres à des événements, de l'argent de poche à mes enfants… Je fais des retraits de cash et virements la plupart du temps. »

Dans l'incapacité de retrouver de l'argent cash, la police judiciaire a expertisé les comptes de Marc Tarabella. En particulier pour analyser des retraits en liquide aux distributeurs. L'eurodéputé-bourgmestre gagne en moyenne 13 000 euros par mois, desquels il débite près de 40 % en liquide en moyenne chaque mois, plus 20 % en paiements par carte bancaire.

Mais, sur l'analyse de ces comptes, l'expertise commanditée par l'avocat de l'inculpé et celle menée par les officiers de police ne tombent pas d'accord. Là où celle du réviseur d'entreprise, appelé par l'avocat de Marc Tarabella, n'identifie pas de « baisse significative » des dépenses durant la période 2019-2021, celle de la police voit des retraits et des paiements qui chutent dans les périodes où Antonio Panzeri affirme avoir gratifié l'élu belge.

« Mauvaise foi », réplique le clan Tarabella : « Il s'agit des périodes Covid, des confinements, où toute l'activité sociale était en pause. »

Lors d'une de ses rares expressions publiques depuis l'éclatement de l'affaire, depuis la révélation, aussi, des accusations d'Antonio Panzeri, Marc Tarabella avait affirmé face à la presse sa ligne de défense. Par moments, des sanglots dans la voix : « On a tous un jour été déçus par un ami qui vous a menti mais heureusement, très peu à payer ce mensonge par plusieurs mois de prison. » Interrogé avant la publication de ce livre, Marc Tarabella nous répond par mail en nous renvoyant au verbatim de cette conférence de presse. « De ce texte il n'y a rien, a posteriori, à changer ou à amender. J'ai toujours joué la carte de la sincérité, qu'elle plaise ou non. Et pour le bien de l'enquête, je ne vous en délivrerai pas plus. Certains me trouvent naïf d'encore y croire, mais c'est ma ligne et je n'en changerai pas. »

14

Ocean's Eleven

11 mai 2022, 21 h 27

Bien peu échappe aux grandes oreilles de la Sûreté de l'État. Après de délicieuses pâtes aux truffes, Panzeri et Giorgi regagnent l'appartement du premier. Là, épiés par le micro du contre-espionnage belge, ils se lancent dans des comptes d'apothicaires. Ils viennent de quitter Ali bin Samikh al Marri et « l'Algérien », au restaurant Un Posto al Sole, à deux pas de là, qui les ont chargés d'une petite mission : compter l'argent reçu et celui qu'ils attendent encore. Après plusieurs minutes de palabres à griffonner des calculs sur une feuille de papier, les deux hommes en viennent à parler d'un certain Luca Visentini :

— De toute façon, écoute, moi lundi et mardi je suis deux jours avec lui, intervient Panzeri en parlant du candidat au secrétariat général de la Confédération syndicale internationale (CSI). Je le cuisine. [...] Et donc je lui dirai : « Nous te donnons un coup de main, même financièrement, si tu dois voyager pour la campagne électorale. » [...]

— Mmmh, approuve Giorgi.

— À la fin, seulement ça a été dépensé et c'est tout, s'enthousiasme Panzeri.

— Parfait. Donc tu dis que c'est destiné aux vols, aux voyages...

— [Inaudible] ... pour sa campagne électorale.

— C'est où qu'il doit aller, lui ? Partout dans le monde ?

— Il vient de terminer, il vient d'aller au Panama.

— Ah ! s'exclame Giorgi. Il voyage en business, lui ?

— C'est-à-dire, dix voyages à 3, 4 000 euros... Il s'agit de ça, hein !

Les deux hommes viennent de se mettre habilement d'accord sur l'approche à avoir à l'égard de Luca Visentini. Panzeri ira le trouver de cette manière :

— Tu as besoin d'un coup de main ? On te le donne. Tu prends et tu te débrouilles. » Mais je ferai une opération maligne, on se les fait amener...

— Une fois que tu les as, prolonge l'assistant parlementaire.

— Une fois que tu les as, ils sont à disposition. Ensuite, seulement cette partie sera consommée... [Inaudible] En espérant que cette fois il y arrive, comme ça tout se passe bien, etc., prie Antonio Panzeri, qui se remémore très certainement l'élection manquée de Susanna Camusso à la tête de la CSI près de quatre ans plus tôt[1].

— Il devrait y arriver, le rassure Giorgi.

Les deux hommes en terminent sur le volet Visentini en se disant que l'accord doit prévoir la rédaction d'un rapport syndical sur les pays du Golfe.

Un rapport dans la ligne de ce communiqué de presse sur lequel Francesco Giorgi va plancher pour « aider » la présidente de Droi, Marie Arena, à rassembler ses impressions sur la visite

1. Voir chapitre 6.

express au Qatar qu'elle vient d'effectuer, avec l'incontournable Panzeri dans ses valises.

Arena était invitée par le Comité qatari des droits de l'homme, dont Ali bin Samikh al Marri a cédé les rênes l'année précédente pour prendre le portefeuille du Travail au sein du gouvernement. Ce voyage de Marie Arena, aux frais du gouvernement qatari avec nuitées incluses au Four Seasons, la députée belge oublie de le déclarer au Parlement[1]. Comme le règlement l'y oblige[2].

La déclaration officielle de la présidente de la commission, postée peu après la mission du 7 au 10 mai à Doha sur le site du Parlement, salue « de nombreuses réformes » qui « ont été adoptées sous l'impulsion du Comité national des droits de l'homme du Qatar et sous l'action du ministre du Travail, Dr Ali Al Marri ». Le communiqué d'Arena attribue les encouragements du jury à l'issue de sa visite : « Il ne fait aucun doute que la Coupe du monde a été un accélérateur de changement. Toutefois, les efforts déployés jusqu'à présent doivent être soutenus afin de préparer l'économie et la société qataries aux défis futurs et de garantir que la qualité des conditions de travail bénéficie de l'investissement à long terme dont elle a besoin. »

Le texte si bien ciselé de Marie Arena, Antonio Panzeri le transfère dans la foulée par mail à Luca Visentini, président de la

1. Marie Arena a blâmé son secrétariat, qui aurait oublié de déclarer son voyage des 8 et 9 mai à Doha. « J'ai demandé que l'on rectifie. Deux autres missions n'avaient pas été inscrites, une au Liban et l'autre au Burkina Faso », a-t-elle précisé à l'époque.

2. Pour les seuls mois de décembre 2022 et janvier 2023, au lendemain du QatarGate donc, 104 voyages ont subitement été déclarés par des députés au Parlement européen, a révélé une enquête du journal *Le Soir* (Marine Buisson, Xavier Counasse, Alain Jennotte, Véronique Lamquin, Pauline Hofmann et Joël Matriche, « Déclarations tardives, fausses missions d'observation, séjours prolongés : les anomalies dans les voyages des eurodéputés », *Le Soir*, 12/02/2023). Deux tiers de ces déclarations étaient tardives, parfois introduites avec 1 000 jours de retard.

Confédération européenne des syndicats. Le syndicaliste le tweete à son tour deux jours après : « [La CES[1]] salue le communiqué de @MarieArenaEU @EUparliament sur les progrès pour les droits des travailleurs/syndicats/droits sociaux au Qatar. Super poursuite des actions [de la CSI et de l'OIT] des dernières années. Besoin d'aller au-delà [de la Coupe du monde] et de continuer à les renforcer. » Dix jours plus tard, Luca Visentini et Marie Arena dînent ensemble à Bruxelles. L'Italien rentre une note de frais.

Du côté de la Sûreté de l'État belge, ce post en apparence anodin sur le réseau social ne passe pas inaperçu. « La publication d'un communiqué de presse soulignant les réformes en cours par Arena le 17/06/22 dernier et la republication par Visentini via un tweet deux jours plus tard sont le reflet probable de cette activité d'ingérence de la part du Qatar », analyse le premier rapport confidentiel des renseignements belges envoyé à la justice.

11 octobre 2022, 15 h 22

— Tiens, mets-les de côté, invite Panzeri à un pas de la table de son living. (L'autre homme reçoit l'offrande en riant.) Je t'ai donné le reste ce matin, précise le fondateur de Fight Impunity.

— On a l'impression d'être dans un film du genre *Ocean's Eleven* ! s'esclaffe Luca Visentini.

Le secrétaire général de la Confédération européenne des syndicats (CES), en pleine campagne pour prendre la tête de la Confédération internationale (CSI), est dans le salon de son compatriote, à Bruxelles. Malheureusement, il le fait sous le regard sévère d'une caméra et d'un micro cachés. Les « Q » de la police

1. Confédération européenne des syndicats.

fédérale belge, sur mandat du juge d'instruction, ont pris le relais du service de renseignement et ont posé depuis mi-septembre leurs oreilles et leur œil discrets dans la caverne de l'ours italien.

Le syndicaliste en campagne, qui vient d'avoir 59 ans, demande à son hôte s'il n'aurait pas un sachet ou des enveloppes pour soustraire les liasses de billets aux regards indiscrets. Panzeri s'exécute et lui tend deux plis. « Ça ressemble vraiment à un petit cadeau de Noël, ah ah ah !, se marre Visentini. Je suis désolé de voler tes étrennes de Noël ! » La scène ne dure que quelques minutes, Luca Visentini ne s'éternise pas chez son ami. « Merci beaucoup, remercie-t-il, on se rappelle avant Doha. »

Dix jours plus tard, les deux hommes doivent prendre un même avion pour la capitale du Qatar. Et fin novembre, Visentini devrait être élu – chacun est confiant – à la tête de la coupole mondiale des syndicats. L'optimisme est de mise.

Ce 22 octobre, Luca Visentini s'envole dans le même appareil que Panzeri. Les billets et l'hôtel à 472 euros la nuit ont été réservés par le gouvernement qatari, le programme et la demande de visa, préparés par Francesco Giorgi. Il n'a informé personne à la CES de son déplacement, indique un rapport d'audit (ce que Visentini conteste formellement). Du côté de la CSI, la présidente sortante, Sharan Burrow, qui s'apprête à lui passer le relais dans quelques jours, l'avertit dans un mail : « Il y a des ONG partout, donc sois prudent pour ne pas être pris dedans. Si tu veux y aller ce sera comme notre dirigeant qui va continuer le progrès dans les États du Golfe, etc. » Message reçu.

Sur place, Visentini rencontre le ministre Al Marri, mais aussi des représentants de la Fifa et de l'OIT. « Je crois que le ministre lui a demandé de visiter le camp où logeaient les travailleurs migrants. Il a dit qu'il a refusé d'y aller lors d'un voyage organisé par le ministère car ce serait de la poudre aux yeux », dira l'un de ses confidents à la CES, d'après le rapport d'audit commandé après le QatarGate.

Luca Visentini est interviewé à Doha par la presse qatarie, comme dans cet article sobrement intitulé « Louange mondiale pour les réformes du travail au Qatar ». Mais il l'est aussi par l'Agence France-Presse (AFP) au début de la Coupe du monde. Dans cet entretien, le nouveau boss de la CSI salue « le progrès » réalisé par le Qatar en matière de droits des travailleurs, mais insiste pour que la « pression » soit maintenue après le tournoi de football.

« J'ai participé à cette mission à Doha pour vérifier le niveau de mise en œuvre des réformes du travail au Qatar, nous précise Luca Visentini, l'un des rares inculpés à avoir répondu à toutes nos questions, et j'ai fait des déclarations publiques dans lesquelles j'étais très critique à l'égard du gouvernement », insiste-t-il.

11 décembre 2022, 9 h 39

Luca Visentini n'aura pas eu le temps de prendre ses marques comme « patron » mondial des syndicats. Après deux nuits en garde à vue, on l'installe face au juge d'instruction. Cette histoire « d'enveloppes du Père Noël » échangées dans l'antre de Panzeri, façon *Ocean's Eleven*, amuse bien peu le magistrat. « La raison pour laquelle j'ai dit ça, c'est que l'argent a été mis dans des enveloppes où figurait le Père Noël. C'était une blague », se justifie le nouveau secrétaire général de la CSI.

« Effectivement », concède Visentini face à Michel Claise, recevoir de l'argent en liquide « n'est pas tout à fait normal ». « Mais il est vrai qu'au sein du syndicat international, il arrive souvent que certains paiements soient faits en cash parce que les ONG non syndicales recueillent cet argent », argumente le syndicaliste. Comprenez : il pensait recevoir un don de la part d'une association de défense des droits humains, Fight Impunity, avec laquelle il avait collaboré dans un passé récent. Et voilà qu'un magistrat lui annonce qu'en réalité il aurait été rémunéré par le ministre du Travail du Qatar, via la main prodigue d'Antonio Panzeri.

Cette main prodigue a remis 43 000 euros en liquide au syndicaliste italien. En trois fois. Pour sa défense, Luca Visentini explique que cet argent a été reversé à la CSI et à sa petite sœur européenne – 23 000 euros pour l'une, 13 000 pour l'autre – après un transit sur ses comptes personnels. Les enquêtes internes aux deux organisations confirmeront ces montants tout en pointant le train de vie somptuaire du syndicaliste de gauche. Cet argent a servi à financer sa campagne électorale et le « fonds de solidarité qui existe auprès de la Confédération internationale et qui sert à supporter les frais des syndicats les plus pauvres dans le monde ».

Le delta entre ces 36 000 euros déposés par Visentini et les 43 000 reçus de Panzeri ? « J'ai utilisé les 7 000 euros restants pour l'organisation d'activités dans le cadre de ma campagne. La totalité du don a été utilisée à des fins syndicales et je n'ai pas gardé d'argent pour moi, assure le syndicaliste italien. Je conteste toutes les accusations portées contre moi et je suis convaincu que cela sera prouvé par les résultats de l'enquête en cours. Malheureusement, le scandale né de l'enquête a détruit mes trente-trois années de carrière et mon image publique, ce qui est profondément injuste. »

Insensible à ces arguments, le juge d'instruction l'inculpe pour « corruption » et « blanchiment ». Des cinq personnes arrêtées ce week-end-là, Visentini est le seul à échapper à l'inculpation comme membre d'une organisation criminelle. Plus important, il est le seul à ne pas être écroué.

10 mars 2023, 10 heures

Transcription du troisième interrogatoire filmé de Pier Antonio Panzeri sous le statut de « repenti » :

> – Pour Visentini la relation est semblable à celle que j'avais avec [...] Camusso. Lors d'une rencontre avec Al Marri et l'Algérien, ils m'ont demandé si je connaissais Visentini. Car il était en train de mener une campagne pour être le secrétaire du syndicat mondial qui était en cours, et comme il y avait un Turc et un Italien, ils m'ont demandé si je le connaissais et ont dit qu'ils étaient intéressés de le rencontrer et de lui donner un coup de main, à savoir financer son élection.
>
> Évidemment, j'ai dit oui, mais il fallait que je lui parle. Venant du monde du syndicat comme lui, je le connaissais bien. Il était de l'UIL et moi, avant d'être député, j'étais de la CGIL. Nous avions des contacts. Et toujours à l'époque, car il était le secrétaire [général de la Confédération européenne des syndicats].
>
> J'ai donc été lui dire qu'il y avait cette possibilité, en septembre-octobre 2022, à Bruxelles. Je l'ai rencontré à diverses occasions dans un café près de chez lui.
>
> Il m'a dit qu'il était disposé à être aidé financièrement et qu'il était à la recherche de consentements de syndicats africains. [...] J'ai dit à Giorgi de dire aux Qataris que Visentini était disposé à accepter. Ils ont répondu de deux manières : une proposition de 200 000 euros et la volonté de le rencontrer avant son élection.
>
> D'abord, les 200 000 euros sont arrivés chez Giorgi, qui s'occupait toujours de la réception des fonds. Visentini avait demandé,

dans un premier temps, 50 000 euros. Le reste, c'était 50/50. Soixante-quinze mille euros restaient à Giorgi et 75 000 euros à moi.

Mais il y a eu une autre demande complémentaire de Visentini de 65 000 euros que j'aurais dû lui donner. On s'était mis d'accord. Je devais lui remettre cet argent après les élections. Ces 65 000 faisaient partie de mes 75 000 euros.

La remise des 50 000 euros a eu lieu en trois [fois] à Visentini[1]. Ils ont été remis une fois chez moi et deux fois au bar.

Visentini a reçu l'invitation pour se rendre au Qatar. Les modalités pratiques arrivaient chez Giorgi, billets, etc. Tout est organisé par eux.

Le billet a été payé par le Qatar. Il a eu là-bas une série de rencontres étalées en deux ou trois jours. Il a rencontré le représentant de l'OIT qui a un bureau là-bas, il a rencontré Infantino[2] et il a aussi rencontré le ministre des Affaires étrangères et le ministre du Travail Al Marri.

J'étais sur place avec lui, sauf à la réunion avec Al Marri à laquelle je n'ai pas participé. Pour les autres, j'étais là.

Luca Visentini devait-il recevoir 65 000 euros de plus si toute la bande n'avait pas été arrêtée ? « Ce n'est tout simplement pas vrai », tranche Visentini.

1. Luca Visentini n'aurait pas reçu 50 000 mais 43 000 euros.

2. Le patron helvético-italien de la Fifa, Gianni Infantino.

15

Le rendez-vous de la suite 412

9 octobre 2022, 14 h 48

Sans égard pour les caméras de surveillance, trois Mercedes noires glissent sur le parvis du Steigenberger Wiltcher's, un cinq étoiles qui, depuis sa profonde rénovation en 2012, propose ses 267 chambres et suites aux vedettes du show-biz, diplomates, hommes et femmes d'affaires de passage à Bruxelles. Trois personnes s'extraient du véhicule de tête, une berline S 380 immatriculée par la mission qatarie auprès de l'Union européenne, et pénètrent dans le palace. Les caméras qui surplombent la conciergerie prennent le relais, leur œil électronique est dardé sur l'homme en costume et cravate qui semble mener cette délégation : les images sont de bonne définition, on identifie aisément Ali bin Samikh al Marri, le ministre qatari du Travail, commanditaire présumé d'actions d'ingérence au sein du Parlement européen. Son collaborateur, Boudjellal Bettahar, est lui aussi reconnaissable. Quelques minutes plus tard, le ministre et son escorte poussent la porte de la suite 412. Fin de la première séquence vidéo.

Le lendemain, lundi 10 octobre à 17 h 14, Antonio Panzeri quitte le Parlement européen, il ne se doute pas qu'il est filé par des policiers. Il se rend au domicile de Giorgi, distant d'une centaine de mètres à peine, et monte dans la Land Rover de ce dernier. Direction : le Steigenberger Wiltcher's. Lorsqu'ils poussent, à 17 h 52, la porte de l'hôtel, les deux hommes monopolisent eux aussi toute l'attention des caméras de surveillance. Le premier, simplement vêtu d'un jean bleu et d'une chemise blanche, tient une mallette de la main droite, son comparse pousse le landau dans lequel il a installé sa fillette, âgée de 21 mois. Un membre de la représentation qatarie vient à leur rencontre et les escorte jusqu'à la suite 412.

À 18 h 30, un nouveau mouvement est détecté, c'est Giorgi qui sort de la chambre avec la poussette, gagne le lobby quatre étages plus bas et confie l'enfant à son beau-père, Alexandros Kaïlis. Puis il rebrousse chemin, s'engouffre dans l'ascenseur et rejoint Panzeri afin de poursuivre la discussion – qui ne peut bien sûr être captée par les enquêteurs – dans l'intimité de cette suite qu'ont louée les Qataris. À 19 h 21, les deux Italiens font l'accolade à leurs hôtes et prennent congé. « Remarquons que le sac que transporte Panzeri semble plus épais qu'à son arrivée », notent avec suspicion les policiers dans leur rapport.

Une quinzaine de minutes plus tard, Antonio Panzeri a rejoint son domicile, il pousse la porte de l'appartement sans se douter que d'autres caméras, beaucoup plus discrètes que celles ostensiblement greffées sur la façade et sur les murs du Steigenberger Wiltcher's, enregistrent aussi chacun de ses faits et gestes. Depuis plusieurs heures déjà, le moindre de ses mouvements, de ses froncements de sourcils est enregistré, décortiqué, commenté. Comme s'il était devenu, à son insu, l'antihéros d'un épisode inédit de la série *Black Mirror*.

Panzeri extrait une enveloppe de la serviette qu'il avait à l'épaule lors de sa visite de la suite 412 mais sort à ce moment du champ de ce dispositif d'espionnage qu'ont installé les enquêteurs. Ces derniers sont néanmoins persuadés d'avoir, quasiment en direct, assisté à une de ces remises clandestines d'argent qui, jusqu'à il y a quelques dizaines d'années, avant la généralisation des crypto-monnaies et le fait que les criminels puissent déplacer les fonds à la vitesse de la lumière vers des places offshores, accompagnaient tout pacte de corruption.

S'ils ont, ce 10 octobre, la conviction que Panzeri et Giorgi viennent d'être récompensés par leurs clients qataris, les policiers ignorent encore ce qui a motivé cette gratification et ce qui s'est dit dans la chambre du Steigenberger Wiltcher's. Un élément de réponse leur est apporté un mois plus tard, le 11 novembre à 9 h 18, lorsque des mouvements et la voix de Panzeri arrachent de leur sommeil les yeux et les oreilles électroniques qui ont été dissimulés dans l'appartement. Seul près de la table de la salle à manger, l'homme soliloque, s'exprimant en italien et à la première personne. Il dicte un discours : « Nous travaillons pour changer les choses, nous ne nous soustrayons pas aux critiques, nous nous rendons compte que, lorsque nous nous sommes ouverts au monde en organisant un événement comme la Coupe du monde, nous nous sommes également ouverts au jugement des autres, nous n'avons pas peur de cette confrontation [...]. » Il en profite, toujours à voix haute, pour présenter l'orateur : Al Marri, le ministre qatari du Travail rencontré quatre semaines plus tôt dans le confort ouaté de l'hôtel bruxellois. Ce même ministre sera aussi, rapporte une rapide consultation de l'agenda du Parlement européen, entendu le 14 novembre par la commission droits de l'homme. Un rendez-vous critique, à quelques jours du lancement de la Coupe du monde. Les enquêteurs comprennent ainsi les raisons de la fébrilité de Panzeri et celle de ses amis qataris.

En milieu d'après-midi, Antonio est rejoint dans son appartement par Francesco, les deux hommes s'installent autour de la même table, le premier se saisit de ses notes et les récite au second, qui enregistre consciencieusement et s'engage à tout traduire en anglais.

L'exercice ne prend que quelques minutes, Giorgi est ravi, il ne peut réprimer quelques applaudissements. Les deux hommes s'attachent aussitôt à préparer la séance de questions et surtout de réponses qui, inévitablement, conclura le discours d'Al Marri : respect des LGBTQIA+, décès de milliers de travailleurs migrants sur les chantiers, climatisation des stades, discriminations à l'égard des femmes, conflit en Ukraine… Panzeri tâche de tout anticiper afin de couper l'herbe sous le pied des détracteurs de leur client. La ligne du futur débat, explique encore l'ex-eurodéputé à son ami, a été partagée avec Andrea Cozzolino et une « femme », que les enquêteurs identifient comme la parlementaire S & D Alessandra Moretti. Tout doit être minutieusement calibré car les Qataris sont « en agitation ».

« La pression médiatique était énorme, il y avait des tensions autour de cet événement [la Coupe du monde] », confirmera ultérieurement Giorgi, interrogé par les enquêteurs sur ces séances de coaching des Qataris. « Pour préparer le débat, M. Panzeri a utilisé le fait qu'il connaissait les membres de la commission des droits de l'homme pour leur expliquer la situation telle qu'il la voyait par rapport au Qatar. Il se disait que ça pouvait être utile de préparer les questions à l'avance afin de mener le ministre sur un terrain connu. La partie consacrée aux questions et réponses dans le débat est la plus difficile. C'est pourquoi il avait pensé proposer des questions à Mme Moretti, peut-être à M. Cozzolino aussi. Je ne me rappelle pas de toutes les personnes impliquées dans ça. »

14 novembre 2022, 16 h 10

C'est le jour J, les grandes manœuvres peuvent débuter, chacun connaît sa mission. Dans la salle 3G3 du bâtiment Spinelli, Marie Arena, présidente de la commission droits de l'homme, ouvre le quatrième point de la réunion : « Manifestations sportives mondiales et droits de l'homme dans le contexte de la prochaine Coupe du monde 2022 de la Fifa au Qatar. » Le ministre qatari du Travail est assis à sa gauche, près de 200 députés, assistants, journalistes, étudiants leur font face. « Aujourd'hui, nous sommes amenés à concilier le sport et les droits de l'homme et à parler de la Coupe du monde de football au Qatar, introduit la présidente. Depuis l'attribution en 2010 de cette Coupe du monde, plusieurs organisations des droits de l'homme ont dénoncé les conditions des travailleurs étrangers qui ont construit les stades pour réaliser cette Coupe au Qatar. »

Lorsque le micro lui est tendu, le ministre déroule – même si c'est avec quelques écarts – le narratif dicté par Panzeri quatre semaines plus tôt : « Le Qatar est un pays ouvert », « il y a une série de réformes », « nous sommes ouverts à la critique constructive », « on parle de 1 500, 10 000 morts, ces chiffres sont faux », « nous appelons les ONG à condamner les campagnes de diffamation contre notre pays »…

Après une intervention critique de l'eurodéputé néerlandais Peter Van Dalen (PPE), c'est Andrea Cozzolino qui y va de sa question : il y a en matière de travail, au Qatar, « un dialogue social avec les organisations internationales, avec les syndicats, dit-il. Nous devons encourager ce type de réforme ». Il faut aussi, enchaîne-t-il, « demander plus de clarté sur les données : les conditions de travail, les problèmes de salaires… Et il faut une présence accrue des syndicats dans le pays ». En coulisses, Panzeri est déçu, il aurait aimé que Cozzolino s'en tienne au scénario, il s'envoie un SMS à lui-même : « Cozzolino est vraiment un couillon, il avait tout pour bien faire. »

À 16 h 55, c'est cette fois une conversation entre Giorgi et Panzeri. Le premier chuchote :

— Oui, oui, maintenant, elle est là ! Elle arrive ! La… Moretti.

— Écoute, qu'elle fasse une intervention en disant : « Mais je n'ai pas vu tout cet intérêt il y a quatre ans, quand c'était en Russie. »

— Oui, oui, acquiesce Giorgi.

— Et, attends, tu dois dire à Marc de dire deux choses : premièrement de faire cette intervention et de dire « J'espère qu'il y aura le même intérêt pour la prochaine aux États-Unis et au Mexique ». Et puis dire aussi que, s'il fallait faire une interrogation à la Fifa, il fallait la faire ailleurs mais pas ici !

— Oui, je vais essayer de lui écrire [rires].

— Mais dis-lui de le faire calmement, hein. Sans s'exciter.

À 17 heures, Alessandra Moretti prend la parole : « On a parlé de la Russie où on a organisé le précédent Mondial, mais aussi la COP 27 en Égypte, dit-elle. Nous n'avons pas de réponse de la part de l'Égypte sur l'incarcération de Patrick Zaki. Nous devons encourager et être fermes avec le Qatar sur le respect des droits humains et des travailleurs. Mais le Qatar progresse. Une question : que dites-vous à l'ambassadeur qui s'est exprimé sur les homosexuels, estimant qu'il s'agissait d'une maladie ? Il est important de sanctionner ce type de propos[1]. »

Puis, Marc Tarabella enchaîne, sans pour autant s'en tenir à la ligne que lui a suggérée Giorgi par messages : « Je n'ai pas

1. Alessandra Moretti n'a pas donné suite à nos questions précises, mais nous a écrit que « l'enquête en question n'étant pas encore terminée », elle n'avait « pas l'intention de répondre à [n]os questions ».

entendu beaucoup de collègues quand on a attribué le Mondial à la Russie, qui avait déjà envahi le Donbass en 2014[1] [...]. J'ai l'impression que beaucoup se focalisent sur une image vieille d'il y a dix ans, comme s'il n'y avait pas eu d'évolution au Qatar. » Il insiste : « Aujourd'hui, ce que j'accuse, c'est que certains collègues regardent une image vieille d'il y a dix ans alors qu'il faut regarder le fil de l'évolution et l'apprécier à sa juste valeur en invitant le Qatar à continuer les efforts, évidemment, après la Coupe du monde. »

Et la présidente conclut, se tournant vers le ministre : « Vous avez dit que des entreprises européennes installées au Qatar ne respectaient pas les règles établies au Qatar, pouvez-vous les mentionner ? », lui demande-t-elle. De ces sociétés européennes qui bafouent, elles aussi, le droit du travail, le Dr Al Marri n'a pourtant pas dit un mot pendant le débat. Il ne répond pas à la question, son interlocutrice n'insiste pas. Mais peu importe, il est ainsi rappelé que, en matière de respect des droits des travailleurs migrants, Qataris et Européens doivent se partager le banc des accusés[2].

En *backstage*, Antonio n'est pas le seul à suivre ce qui se passe sur scène. Eva Kaïli est, elle aussi, connectée au flux vidéo de cette discussion publique, cruciale pour les Qataris. Elle connaît le ministre, elle l'a d'ailleurs rencontré la veille – « Pour discuter de choses générales », se justifiera-t-elle – dans une des suites de l'hôtel Wiltcher's. « Mais je n'ai pas suivi le débat, insistera-t-elle en audition. Excepté lorsque Hannah Neumann a pris la parole. Je crois aussi que j'ai suivi la clôture par Marie Arena. »

1. C'est la Crimée qui a été annexée en 2014.

2. Lire, par exemple, « The ugly side of the beautiful game », Amnesty International, 2016.

Durant le débat, elle en profite pour envoyer à son compagnon, Giorgi, une série de messages WhatsApp qu'elle efface sitôt qu'ils ont été lus. Mais les enquêteurs ont pu partiellement reconstituer cette conversation : elle semble démontrer que non, la vice-présidente n'a pas suivi le débat d'un œil distrait mais qu'elle y a au contraire assisté de l'introduction à la conclusion, ponctuant cette séance cinéma de commentaires à l'intention de Giorgi, présent dans la salle, se réjouissant des interventions de Marc Tarabella et d'Alessandra Moretti. Elle s'étonne notamment que le ministre Al Marri « parle avec émotion, sans lire son texte ». « Nous avons fait tout ce que nous pouvions », lui répond un Giorgi dépité.

Deux heures après la fin du débat, nouveau débriefing, c'est cette fois Marie Arena qui appelle Panzeri :

— Salut Maria, dit Panzeri en décrochant.

— Alors, tu as suivi ? s'inquiète la présidente de la commission.

— Oui, j'ai suivi… tu as été excellente.

— Oui… Ahahah… Le ministre ? Content ?

— Mais oui ! la rassure Panzeri.

— Il m'a dit à un moment donné : « Ça suffit maintenant »… Je lui ai dit que non, je dois prendre tout le monde pendant une minute.

— Eh, il n'est pas très habitué mais à la fin, il était content, allez.

— Oui ? Ah tant mieux. Il m'a dit « ça suffit maintenant, tu ne peux pas… ça suffit ! » [rires] J'ai dit « non, je ne peux pas, ils sont tous inscrits, donc je dois leur donner la parole… »

— Non, non, je dirais que ça a été équilibré, donc c'est bien.

Avant de conclure cette conversation de six minutes, c'est curieusement l'ex-politicien italien qui rassure la présidente de commission : le Dr Al Marri et son collaborateur vont, sous peu, lui transmettre l'inventaire de ces entreprises occidentales qui bafoueraient les droits des travailleurs étrangers.

— J'ai demandé… Comment dire, le… heu… La liste, ils me la donneront.

— Ah, parfait, parfait, se réjouit Marie Arena.

— Hmmm.

— Parce qu'un journaliste me l'a demandée en disant : « Ah ça c'est intéressant, parce que toujours on… » C'est ça qu'il a dit : « La responsabilité de l'État est importante. » Donc, nous devons vraiment faire en sorte que les choses avancent mais sans la responsabilité des entreprises, ça ne marche pas. […] Et donc, et les journalistes ne le savaient pas, ça. Donc, c'est quelque chose que nous pouvons utiliser, conclut Marie Arena.

— Pas de doute, pas de doute.

Quand nous questionnerons Marie Arena, dix mois plus tard, sur cette curieuse conversation dont elle n'a pu lire le procès-verbal, l'élue belge se souvient : « Panzeri m'appelle [*quod non*, c'était l'inverse] en me disant : "Es-tu satisfaite de la tenue de la commission ?" Évidemment que j'étais 100 % satisfaite. Ce n'est pas tous les jours qu'on a un ministre, la plupart des intervenants – à l'exception de Tarabella – ont un discours plutôt négatif à l'endroit du Qatar, la salle était comble, les ONG étaient très satisfaites… Donc j'ai répondu que j'étais satisfaite et j'ai demandé à Panzeri en retour : "Et toi ?" »

La liste de ces entreprises européennes sera effectivement remise le 15 novembre en matinée par Boudjellal Bettahar, le bras droit du ministre du Travail, à Giorgi, qui s'empresse de la transférer à Antonio Panzeri et à Marie Arena. C'est cette dernière, dont le nom apparaît de manière persistante dans le dossier, qui va, au beau milieu de l'instruction et bien malgré elle, provoquer la chute du juge Michel Claise.

16

Conflit d'intérêts

19 juin 2023, 16 h 55

— Bonjour, vous seriez disponible pour une rencontre demain à Bruxelles ?

— A priori, oui. À quel sujet ?

— Je ne peux pas vous en dire davantage mais soyez là, c'est du lourd…

Contactés par l'assistant de l'eurodéputé belge Marc Tarabella, les journalistes du *Soir* et de *Politico* promettent qu'ils seront présents. Dans le lobby du Motel One, rue Royale à Bruxelles. Le plus tôt sera le mieux. Et justement : après de nouveaux échanges, « parce que ça ne peut pas attendre », la réunion surprise est précipitée, elle aura lieu ce 19 juin en soirée.

Les journalistes y apprennent que l'avocat Maxim Töller a demandé le jour même au juge Claise de se dessaisir du dossier : « Un de ses fils et celui de Marie Arena ont des intérêts communs », déclare en substance l'assistant de Marc Tarabella.

L'avocat a dû avancer avec précaution. Échaudé par sa première – et vaine – tentative, trois mois auparavant, d'écarter de l'affaire un juge qu'il soupçonnait de partialité. Le mail de l'avocat au juge a été envoyé quelques heures plus tôt, alors que le second était en son cabinet, face à Andrea Cozzolino. Après un bref colloque singulier avec le parquet fédéral, Michel Claise a appelé Me Töller et l'a informé qu'il se retirait du dossier.

La conférence de presse improvisée n'est pas terminée que le parquet fédéral, dans un laconique communiqué, lui donne raison : des « éléments apparus récemment [...] pourraient susciter certaines questions quant au fonctionnement objectif de l'enquête. Par mesure de précaution et afin de permettre à la justice de poursuivre son travail dans la sérénité et maintenir une nécessaire séparation entre la vie privée et familiale et les responsabilités professionnelles, le juge d'instruction Michel Claise nous communique qu'il a décidé ce soir de se déporter du dossier. » Circulez, il n'y a rien à voir. Ou si peu. Bien que surpris mais attentif avant tout à la sérénité de l'enquête, le ministère public aurait accepté ce contretemps. Aurélie Dejaiffe, la juge d'instruction qui avait initialement pris en charge le dossier QatarGate, avant de passer la main à son collègue plus âgé, reprend donc les rênes de l'instruction.

« On est soulagés, réagit Me Töller en apprenant le départ de Michel Claise. On regrette qu'il ne se soit pas directement déporté du dossier. » Car le conflit d'intérêts auquel le magistrat risque d'être confronté, et qui lui vaut de faire un pas de côté, n'a pas émergé du néant. Si l'avocat de Marc Tarabella ne l'a découvert que quelques heures plus tôt, le juge, lui, en a connaissance depuis plusieurs mois déjà. Et le parquet fédéral depuis quelques semaines.

Ce conflit d'intérêts, ce télescopage entre les attaches familiales et professionnelles du juge d'instruction, tient en quelques lettres : BRC & Co. Immatriculée en région bruxelloise au mois d'octobre 2018, cette société spécialisée dans la vente de CBD – une substance extraite de la plante du cannabis et légalement commercialisée – démarre ses activités avec un capital de 35 000 euros, équitablement réparti entre les sept actionnaires. Parmi ceux-ci, Ugo Lemaire, le fils de l'eurodéputée Marie Arena. Et Nicolas Claise, le fils aîné du juge Michel Claise. Si cette amitié entre les deux jeunes hommes – ils ont notamment fréquenté le même établissement supérieur – a longtemps pu laisser indifférent le père de Nicolas, il aurait pu en aller autrement lorsqu'il accepta d'instruire le dossier QatarGate puisque le nom de Marie Arena y était cité d'emblée. Et il aurait dû être plus vigilant encore lorsque, plongé dans les milliers de pages de cette instruction, il apprit, à la lecture d'une conversation entre Panzeri et Giorgi qui avait été captée par les services de renseignement, que le premier s'était vanté – sans doute à tort – d'avoir pu « insérer » Ugo, le fils de Marie Arena, dans les « Mondiaux ». Comprendre : l'intégrer à la *short list* de celles et ceux qui pourraient bénéficier d'un séjour et d'un match tous frais payés pour la Coupe du monde.

Enfin, le doute sur les bonnes relations qu'ont entretenues les deux « fils de » n'existe plus lorsque les policiers, retraçant l'historique[1] des voyages d'Ugo Lemaire, découvrent que celui-ci s'est rendu en Espagne avec Nicolas Claise.

Reste que cette indirecte proximité entre le juge et la suspecte n'a pas empêché le premier, dès la fin du mois de février, de préparer une demande de levée d'immunité parlementaire de l'eurodéputée : mais, en concertation avec le parquet fédéral, eu égard aux nombreux devoirs d'enquête encore à réaliser et aux

1. Depuis 2018 en Belgique, les données de passagers des transports internationaux sont regroupées dans une base de données afin de lutter contre le terrorisme et la criminalité grave.

innombrables pistes à explorer, il fut décidé de remettre à plus tard ce courrier à la présidence du Parlement européen. À la mi-juin, le même projet avorta encore[1], le juge étant invité par l'avocat de Tarabella à se déporter du dossier.

Pour sa défense, Michel Claise pourrait aussi arguer que le « sujet » Marie Arena n'a pas été esquivé au cours des auditions des différents suspects du QatarGate. Antonio Panzeri, par exemple, est interrogé sur Marie Arena par la police, puis par le juge lui-même au moment de son inculpation. À ce moment comme lors de futures auditions, l'ancien numéro 4 du Parlement européen va s'évertuer à innocenter son amie. Francesco Giorgi a lui aussi été questionné par le magistrat sur une éventuelle implication de l'élue belge : « Aussi Marie Arena ? Ça, je jure que je ne savais pas… », répondait l'assistant parlementaire début décembre 2022.

Sans se prononcer sur le fond de cette instruction qu'il a abandonnée au profit de sa collègue Aurélie Dejaiffe, le magistrat instructeur affirme s'être éloigné « dans l'intérêt du dossier », parce que la bonne poursuite de celui-ci n'est envisageable que « s'il y a une parfaite collaboration entre le juge, la police et le parquet ».

1. Une information de *La Libre Belgique* (Frédéric Loore, « Marie Arena était bien dans le collimateur du juge Claise », 28/06/2023) confirmée par plusieurs sources aux auteurs.

17

« Je ne veux pas déclarer forfait, il faut casser l'urgence »

14 novembre 2022, 19 h 19

Une bataille gagnée, mais la guerre est toujours en cours. L'étape après le débat avec le ministre qatari, c'est une potentielle résolution à haut risque. Une résolution sur les droits de l'homme au Qatar dans le contexte de la Coupe du monde de la Fifa, un tournoi sur le point de connaître son coup d'envoi sur le rectangle vert.

Dans le prolongement de leur conversation en forme de bilan de la commission avec le ministre du Travail du Qatar, Marie Arena dévoile son point de vue sur la question de la résolution à son ami Panzeri. Il « vaudrait mieux ne pas avoir de débat » en séance plénière, avance-t-elle. Arguments : on vient de mener un beau débat dans sa sous-commission des droits de l'homme, et la commission mère, celle des Affaires étrangères, doit mener une mission d'observation prochainement à Doha.

— Oui, le débat en plénière est complètement illogique, mais bon…, ne peut qu'approuver Panzeri.

— Oui voilà, parce qu'avec le débat en plénière le problème, c'est qu'il n'y aura que les personnes qui disent que ça ne va pas bien, parce que les personnes qui disent que ça va bien ne prennent pas la parole. Et donc la chose ne me semble pas... ne me semble pas justifiée, poursuit Arena en riant.

— Entre-temps, demain déjà, il faut casser l'urgence demandée par ton... Tuckmann, Tuckmann, Gluckmann..., rame l'Italien.

— Ah ! Glucksmann ? Ah non, Raphaël Glucksmann a demandé une urgence, mon Dieu ?! interroge Arena.

L'élu français du parti Place publique, qui avait fait alliance avec le PS, préside par ailleurs la commission spéciale sur... les ingérences étrangères.

— Oui ! Il a demandé avec... une urgence sur le Qatar, confirme Panzeri.

— Pffff, soupire Arena.

— Et donc [...] il faudra... demain il faut faire passer le point de vue que tu as dit à Marc, conclut le retraité de la politique.

Les Qataris « sont très mécontents et inquiets du potentiel vote d'une résolution en défaveur du Qatar par le Parlement européen », note un enquêteur dans un procès-verbal résumant une série d'écoutes opérées sur le téléphone de Francesco Giorgi. Ali bin Samikh al Marri se révèle moins satisfait de son audition par la sous-commission Droi que ne le laissait entendre Antonio Panzeri auprès de la présidente Arena. « Giorgi écrit explicitement au ministre qatari de les laisser travailler et qu'ils commencent avec le groupe des socialistes », poursuit le verbalisant.

Le petit manège déployé en amont de l'audition du 14 novembre pour orienter les débats, faire avancer leurs arguments, se renouvelle une fois encore. Le duo Panzeri-Giorgi remet l'ouvrage sur le métier. À Giorgi, Panzeri précise qu'il va essayer d'aller dîner avec « Cozzo » pour « l'instruire » en vue d'une réunion prévue le 15 novembre en milieu de matinée.

15 novembre 2022, 9 h 46

C'est jour de réunion « transversale[1] » de députés S & D, ce matin-là. À l'ordre du jour, les résolutions d'urgence sur la table en vue d'une prochaine séance plénière à Strasbourg. Dont la fameuse proposition de Raphaël Glucksmann et consorts : ce projet de résolution qui incommode tant les Qataris. Et, par extension, leurs obligés.

Antonio Panzeri s'est levé tôt. Il sait que les deux ou trois prochaines journées seront décisives s'ils veulent parvenir à bloquer le projet de texte. Tous ses efforts sont dirigés sur son ancien groupe S & D, le deuxième plus important du Parlement. Panzeri se balade dans son salon, sous le micro discret posé par les « Q » de la police fédérale belge, un téléphone accroché à l'oreille. L'enquêteur qui retranscrit les conversations ne capte donc que la voix de sa *target*, Panzeri. Mais, à 9 h 46, tout porte à croire que Marie Arena le rappelle après une première tentative infructueuse de Panzeri, via une application de type WhatsApp qui échappe aux écoutes classiques : « Oui salut, je t'ai appelée. [...] Oui ! La liste que... tu as reçu la liste ? » Panzeri fait référence à la liste d'entreprises de différents pays d'Europe qui violeraient les droits du travail au Qatar. Une liste habilement fournie par le staff du ministre qatari lui-même, via Giorgi. « Il faut le dire, il faut le dire là ! Eh tu leur dis : "Écoutez, voici les entreprises qui sont

1. Cela signifie que des députés issus de différentes commissions se retrouvent pour évoquer les prochaines échéances parlementaires.

celles qui… qui foutent le bordel là-bas, hein ! Ce ne sont pas des entreprises qataries hein !" », s'excite Panzeri.

Il raccroche. Puis grommelle, seul dans son living : « Elle l'a vue, cette connasse. C'est la seule chose qu'elle a vue. »

Treize secondes plus tard, il passe un nouvel appel. Cette fois, on devine qu'il contacte l'inévitable Giorgi : « Oui, j'ai parlé avec Maria, qui a parlé de nouveau avec [inaudible] un morceau du groupe… et elle m'a dit "Pardon mais ça ne marche pas du tout…" », s'inquiète Panzeri.

D'après ce qu'il rapporte à son complice, Marie Arena se serait fait expliquer par des tenants de la résolution que « la Coupe du monde, c'est maintenant ». La majorité du groupe social-démocrate n'aurait pas l'intention d'attendre. Il semble difficile de faire reporter la résolution aux calendes grecques, comme le voudraient les deux correspondants.

« Je ne peux pas faire venir un ministre, il discute, il explique les choses, il se tape les critiques, et ensuite la réponse c'est une résolution contre le Qatar, à ce point-là c'est normal qu'ils répondent "allez vous faire foutre" », râle Panzeri.

L'Italien s'évertue à expliquer ce qu'il vient de souffler à l'oreille d'Arena quelques secondes plus tôt : « Je lui ai dit de se servir des entreprises dans le débat de ce matin, et de dire "maintenant… " tu sais, sortons… "Mettons au banc des accusés les Hollandais, et les Français", hein ! »

Les choses sont mal emmanchées pour cette *team Qatar*, mais Panzeri résume son état d'esprit. Il est combatif, déterminé : « Moi je ne veux pas déclarer forfait, au contraire au sujet de l'urgence, il faut la casser ! » Et pour y parvenir, il faut mettre toute cette grosse charge sur les entreprises, pense-t-il. « Dis-le à la Moretti », intime encore Panzeri à Giorgi en parlant de cette eurodéputée italienne qui avait posé une question au ministre la veille au cours de l'audition parlementaire.

Eva Kaïli reçoit ainsi des « consignes écrites » sur la position à tenir. Francesco Giorgi transmet ces mêmes consignes à « son » député, Andrea Cozzolino, par ailleurs responsable de toutes les résolutions d'urgence pour son groupe des Socialistes & Démocrates européens. Et enfin à un troisième numéro, que les enquêteurs n'identifieront que bien plus tard.

Il s'agit d'Elisabetta Gualmini. Originaire de Modène, en Italie, elle siège depuis 2019 au Parlement européen. La membre du Parti démocrate converse par messages avec l'assistant de Cozzolino. Giorgi l'informe qu'Arena, Tarabella, Cozzolino et Kaïli « auront la même position » sur la résolution qu'ils souhaitent entraver, lors d'une réunion sur le sujet. Gualmini « se justifie auprès de Giorgi quant à son intervention » et précise qu'elle « deviendra plus agressive avec le temps, mais qu'elle ne peut pas s'exposer davantage », résume un procès-verbal exploitant les SMS de Francesco Giorgi. « Je n'avais que très peu d'informations sur le sujet en question, qui ne m'a jamais intéressée en tant que députée européenne et – pour cette raison autant que par pragmatisme –, j'ai obtenu des informations sur la réunion par l'intermédiaire de Giorgi, que je n'avais jamais connu avant cette réunion précise, il faut le souligner », réagit Elisabetta Gualmini. « Au cours de la discussion, j'ai décidé de ne pas suivre la ligne indiquée par certains députés européens et Giorgi, je suis intervenue en faveur du débat en plénière ! » Puis, elle enchaîne : « C'est pourquoi, après la discussion, je me suis sentie gênée et – dans un esprit de courtoisie étant en charge d'un tout nouveau rôle depuis quelques semaines – j'ai dit à ce Giorgi que je ne pouvais pas suivre la ligne indiquée [...]. Je confirme également que je n'ai jamais été impliquée dans les questions relatives au Qatar, aux ambassadeurs du Qatar, aux missions au Qatar ou aux événements du Qatar, et que je ne savais absolument pas et ne pouvais pas imaginer que Francesco Giorgi faisait campagne pour cet État. »

Dans les jours qui suivent, les « soldats » présumés de Panzeri vont s'activer comme de beaux diables. « Eva est en train de remonter à bloc tous les Espagnols, même ceux des populaires », s'extasie par exemple le compagnon de la députée grecque auprès du marionnettiste en chef présumé.

Mais rien n'y fait, et malgré leurs efforts de lobbying, Marie Arena rapporte à Panzeri que Pedro Marques, socialiste portugais membre de la commission des Affaires étrangères, souhaite maintenir une résolution et un débat en plénière concernant la Coupe du monde au Qatar. « Même sous la pression d'un certain nombre d'éléments actifs, avec des positions différentes de la majorité du groupe, concernant le débat sur les droits de l'homme au Qatar, notre groupe a clairement soutenu la tenue d'un débat sur le Qatar, assure Pedro Marques, et a contribué activement [par l'intermédiaire de ses membres qui représentaient la majorité des positions du groupe] à la rédaction de la résolution et a voté massivement pour une condamnation ferme des violations des droits de l'homme au Qatar. »

21 novembre 2022, 19 h 27

Le match d'ouverture entre le pays hôte et l'Équateur a eu lieu la veille (0-2). Et les Pays-Bas viennent de mater sur le même score le Sénégal. Se calquant sur le calendrier footballistique, c'est l'heure du débat en plénière à la session strasbourgeoise. Sur les bancs de la gauche et de la gauche de la gauche, quelques députés arborent le brassard « *One Love* », que d'aucuns voulaient voir ceindre les bras des capitaines de sélections en soutien aux communautés LGBTQIA+, qui risquent la peine de mort au Qatar. Un brassard que la Fifa a finalement interdit sur les terrains.

Les députés se succèdent au micro situé face aux bancs de l'hémicycle pour délivrer leurs arguments.

Marie Arena : « Il y a eu des violations, des morts et il faut des compensations. Nous devons travailler avec le Qatar pour que ces compensations aient lieu. »

Marc Tarabella : « Certes, évidemment, la situation n'est pas parfaite au Qatar aujourd'hui, loin de là. Beaucoup de progrès restent à faire, mais c'est quand même le pays qui s'est engagé sur la voie des réformes. »

Bien d'autres députés prennent la parole…

Mais celle qui scotche l'assemblée, et dont le discours fera, vingt jours plus tard, le tour du monde, c'est indéniablement Eva Kaïli. Dans un anglais mâtiné d'accent grec, elle ne lésine pas sur les superlatifs : « La Coupe du monde au Qatar est en effet la preuve de la façon dont la diplomatie sportive peut réaliser une transformation historique d'un pays grâce à des réformes qui ont inspiré le monde arabe. J'ai été la seule à dire que le Qatar était un pionnier en matière de droits du travail, abolissant la *kafala*[1] et réduisant (*sic*) le salaire minimum. […] Pourtant, certains ici appellent à les discriminer. Ils les intimident et accusent de corruption tous ceux qui leur parlent ou s'engagent. Mais ils prennent quand même leur gaz ! », sermonne Kaïli. Qui conclut son discours au sujet des dirigeants qataris : « Ils ont déjà réalisé l'impossible. »

Dans l'allée centrale, la Grecque croise sa collègue socialiste néerlandaise Lara Wolters. La suite, c'est celle-ci qui la raconte : « Eva est venue vers moi et a tenté de m'empêcher de m'exprimer, c'est la seule manière dont je peux l'interpréter aujourd'hui. Elle a juste essayé de me distraire, raconte Wolters[2]. Eva est venue

1. La *kafala*, ce système d'asservissement du travailleur à l'employeur, a été réformé mais existe encore dans plusieurs pans de la société qatarie.

2. Ce témoignage est à écouter dans le podcast en anglais d'EU Scream intitulé « Corruption in the Family ».

droit sur moi et a plus ou moins insisté sur les choses qu'elle avait dites dans son discours, mais avec un ton beaucoup plus personnel. "Pourquoi fais-tu cela ? Pourquoi tu vas parler maintenant ? Tu ne peux pas faire de différence ainsi, on a besoin de les encourager… " Ce genre de débat. Et donc, quand je prends finalement la parole, vous pouvez voir ce sourire sur mon visage parce que c'était très bizarre. »

À l'issue du débat, le Parlement européen approuve la fixation d'une résolution à voter en fin de semaine. 86 % des votants S & D – soit 59 élus de la gauche réformiste – s'y opposent, suivant en cela la consigne du coordinateur Cozzolino. Mais le soutien de la gauche radicale, des Verts et de Renew (centre) fait pencher la balance en faveur d'un texte sur le Qatar. Ne reste plus qu'à décider du contenu.

24 novembre 2022, 11 h 27

Avec l'aide de son équipe, Manon Aubry installe un smartphone sur son bureau à Strasbourg, dépose un brassard « *One Love* » en évidence dans le champ de la caméra et commence à filmer. La coprésidente du groupe de la Gauche, eurodéputée de La France insoumise, affiche quelques cernes. Le résultat du tournage est publié sur ses réseaux sociaux dans la foulée : « Je vous fais cette vidéo un peu à chaud juste en sortant des négociations sur le texte d'une résolution visant à dénoncer les violations des droits de l'homme liées à l'organisation de la Coupe du monde », dit-elle visiblement éreintée après une nuit à travailler sur les amendements et la matinée à batailler contre les autres groupes politiques. Éreintée mais pas éteinte : « Visiblement il y a des groupes qui n'en voulaient pas et qui ont voté contre et qui sont venus pourrir les négociations. À un point où, je me demande en fait, si autour de la table des négociations on avait des représentants des groupes politiques ou plutôt tout simplement l'ambassade du Qatar. » Manon Aubry conclut sa vidéo en soulignant qu'« entre l'énergie fournie par le Qatar [...] et les droits humains, il semble que la droite et l'extrême droite aient choisi leur camp. Et je le dis : une partie aussi de la gauche européenne qui a été manifestement achetée par le Qatar ». La vidéo passe inaperçue sur le moment, mais elle connaîtra une seconde vie à partir du 9 décembre.

Quelques heures plus tard, les votes en plénière s'enchaînent à une vitesse éclair, la position de chaque groupe représenté au Parlement est déjà définie à l'avance. Les députés suivent généralement les consignes du groupe. C'est Andrea Cozzolino qui fixe la ligne pour les sociaux-démocrates.

Le député italien – ou bien est-ce son assistant Francesco Giorgi, comme l'affirme le Napolitain ? – envoie d'ailleurs un mail à tout son groupe le priant de voter contre un amendement, proposé par la Gauche, « alléguant que la Coupe du monde a été attribuée au Qatar par la Fifa à travers des pots-de-vin et la corruption ». « Le Parlement européen ne devrait pas accuser un pays sans preuves issues des autorités judiciaires compétentes », s'indigne Cozzolino dans son mail.

Du côté du S & D, une poignée d'élus, dont le Français Raphaël Glucksmann, ont été alertés par les « positions lunaires » de certains collègues sur le Qatar. Et décident de réexaminer chaque amendement en fonction de leur propre grille de lecture. Le président de la commission spéciale sur les ingérences étrangères vote ainsi en faveur de l'amendement sur la corruption dans l'attribution de la Coupe du monde. Mais, pour la plupart des élus du groupe social-démocrate, la consigne de vote est plus forte. Pourtant, même pour les connaisseurs du dossier « Qatar », on peine parfois à comprendre la logique de vote : Marie Arena, qui avait plaidé le lundi précédent dans son discours pour mettre en place un système d'indemnisation des familles des travailleurs morts sur les chantiers, s'abstient sur l'amendement qui le demande. Marc Tarabella, lui, vote pour[1]. Comprenne qui pourra.

Le texte final de la résolution commence de manière assez ferme sur les conditions de travail des travailleurs immigrés, avant de glisser petit à petit, paragraphe après paragraphe, vers les félicitations de l'Union européenne pour les réformes entreprises par l'émirat.

1. Voir à ce sujet le travail de décorticage des votes par l'équipe des « Décodeurs » du Monde.fr : Maxime Vaudano, « "QatarGate" : derrière les soupçons de corruption, des questions sur les votes des eurodéputés », 21/12/2022.

18

Un visa pour l'Europe

30 novembre 2022, 18 h 30

Un lobbying secret jusqu'au bout. La veille du vote, les membres du groupe S & D présents en commission des libertés civiles, de la justice et des affaires intérieures – dite commission Libé – se réunissent pour discuter ensemble des consignes. Un *insider* raconte la somme de bizarreries qu'il observe lors de cette ultime réunion d'information sur la résolution portant sur la levée des visas Schengen pour les Qataris et les Koweïtiens. Notre témoin décrit un Pietro Bartolo, l'eurodéputé sicilien rapporteur fictif du texte, écartelé entre les positions de sa cheffe assistante et celle de son autre assistant à mi-temps, Giuseppe Meroni. La discorde porte sur la question des droits de l'homme au Qatar avec un Meroni à la position « beaucoup moins stricte ». « Notre rapporteur fictif changeait souvent d'avis. »

Le témoin de la réunion se remémore encore les contacts « très insistants » d'un conseiller politique, Phil[1], avec son homologue rattachée à la commission Libé : « Il n'est pas rare qu'un collègue

1. Nom d'emprunt.

d'Afet[1] s'intéresse à un tel dossier, mais cela semblait aller au-delà de la simple information. »

Neuf jours plus tard, Phil sera en tribune du Lusail Stadium au Qatar, pour assister avec sa compagne au quart de finale Pays-Bas-Argentine de la Coupe du monde. Un voyage tous frais payés (avion, hôtel et match) offert par l'État du Qatar, dit Francesco Giorgi. « Pour son bon travail réalisé concernant l'adoption des visas Schengen, accusera ce dernier. L'eurodéputée italienne du Parti démocrate Alessandra Moretti devait également s'y rendre, mais suite à un problème de santé de son père elle ne s'y est pas rendue. » Ni Phil, ni Alessandra Moretti n'ont souhaité répondre à nos questions. En janvier 2023 toutefois, auditionné sur une base volontaire par les enquêteurs, Phil a livré à ses interlocuteurs des détails sur cet aller et retour à Doha : « Giorgi m'a proposé des billets pour aller voir la Coupe du monde, j'ai accepté, se souvient-il. À l'époque, je voyais ça comme une opportunité car je suis un grand fan de football et plus particulièrement de l'équipe d'Argentine. [...] J'ai accepté cette proposition car j'ai toujours voulu voir l'Argentine jouer en Coupe du monde. Nous avons discuté de plein de choses par téléphone mais, à la fin, il offrait aussi les billets d'avion. J'ai pensé que je n'en avais pas besoin mais que c'était une occasion. C'était aussi peut-être sa manière de me montrer qu'il appréciait notre bonne collaboration. Je n'ai pas pensé plus loin [...]. Je n'ai rien demandé de tout cela. Le travail que j'ai fait par rapport au Qatar, je l'ai fait en toute conscience et il a été ratifié par ma hiérarchie. Cela est arrivé comme une surprise et j'ai commis l'erreur d'accepter. »

L'un des points à l'ordre du jour de la réunion du 30 novembre concerne donc le Qatar et la levée de l'obligation de visa pour ses

1. La commission des Affaires étrangères.

ressortissants s'ils veulent entrer dans l'espace Schengen. « À notre grande surprise, nous avons vu dans la salle pour ce point la présence de l'assistant parlementaire Francesco Giorgi. C'était la première fois que cet assistant était présent à une de nos réunions internes S & D Libé. Sa présence n'était pas justifiée car son député, Andrea Cozzolino, n'était pas membre de notre commission parlementaire », s'étonne la source interne.

« Il y avait également la présence d'un autre assistant, que l'on m'a indiqué être Giuseppe Meroni. Sa présence pouvait s'expliquer par le fait que son député faisait un point d'info sur le dossier Qatar et d'autres de ses assistants étaient dans la salle. Toutefois, je ne me rappelais pas spécialement l'avoir vu lors de réunions précédentes de notre groupe de travail, et je voyais cette personne pour la première et dernière fois. En outre, il était acté et connu qu'il s'agissait de son dernier jour auprès du député Pietro Bartolo – étrange donc d'être présent à 18 h 30 la veille d'un vote où il ne travaillerait plus pour M. Bartolo. »

Le lendemain, Giuseppe Meroni devient l'assistant à plein temps de Lara Comi (Forza Italia), qui vient de signer son retour dans l'hémicycle[1].

1er décembre 2022, midi

Le président de la commission Libé trie ses fiches du haut de son promontoire pendant une interruption de séance. À midi pile, des dizaines de députés sont devant le socialiste espagnol pour voter plusieurs textes, dont l'un est très attendu. Les votes en commission se passent en quelques instants, ils sont techniques – les députés doivent respecter les équilibres politiques – et sont comptés à l'avance… il s'agit de ne pas commettre d'impair dans

1. Voir chapitre 8.

l'organisation pratique du scrutin. Alors, Juan Fernando López Aguilar met de l'ordre dans ses idées avec l'aide de la fonctionnaire responsable de la commission au milieu du brouhaha qui commence à envahir la salle à mesure qu'elle se remplit.

Juste avant le vote, deux eurodéputés de son groupe politique passent derrière les sièges présidentiels et viennent lui taper sur l'épaule.

D'abord Marc Tarabella. Le Belge n'est pas membre de la commission Libé. Il remplace une collègue absente pour le vote, comme le fait une autre collègue assise à côté de lui, Alessandra Moretti. Tarabella « est venu me dire qu'il y avait une délégation d'Oman dans la salle », se remémore López Aguilar lorsque nous le rencontrons en tête à tête dix mois plus tard, dans son bureau à Bruxelles.

Ensuite Eva Kaïli. La Grecque n'est pas membre de la commission Libé. Et elle ne remplace personne. La vice-présidente du Parlement est celle qui guide la délégation d'Oman. « Je ne me rappelle plus ce qu'elle était venue me dire. Mais elle avait peut-être un motif de se montrer… », insinue le président espagnol.

Au fond de la salle, Francesco Giorgi s'installe à côté du coordinateur du groupe S & D pour la commission des Affaires étrangères, Phil.

Pietro Bartolo, un autre eurodéputé italien socialiste, très proche d'Antonio Panzeri, est installé tout près de Tarabella et Moretti. Dans ce tableau, lui est bien à sa place : il est non seulement un membre effectif de Libé, mais il est même l'un des rapporteurs fictifs du texte que tout le monde attend. C'est-à-dire que, au nom des S & D, Bartolo est l'homme chargé de négocier des compromis sur le texte.

Tout est en place. La session de vote peut commencer. Le texte tant attendu porte sur la « libéralisation des visas Schengen » pour les citoyens du Qatar et du Koweït[1]. L'enjeu tant économique que diplomatique est immense pour ces pays du Golfe. Et, dans le contexte de la guerre en Ukraine et des prix du gaz, l'enjeu n'est pas tellement moindre pour la partie européenne.

« Alors on me dit "S & D + 1", il y a un vote en trop », déclare à la tribune le président López Aguilar après que son adjointe vient de lui glisser l'information à l'oreille.

Dans la salle, la députée qui a inséré sa carte magnétique dans le dispositif pour voter alors qu'elle n'était pas inscrite au rôle se reconnaît certainement, mais compte néanmoins ajouter son suffrage aux autres. Eva Kaïli, à l'autre bout de la salle, loin de ses collègues de groupe, vote en solo au milieu de sa délégation omanaise.

Le vote se passe à merveille, venant mettre un point final au parcours législatif de ce texte : 42 pour, 16 contre. Avec les groupes PPE, S & D et des Verts en sa faveur, le suspense n'était pas grand.

Le président de la commission conclut le vote par une annonce : « Évidemment il y avait des diplomates et des représentations des pays intéressés par ces exemptions de visa dans la salle. Nous avons des représentants des pays concernés et on nous a notifié la présence du président du Conseil de la Shura d'Oman, qui a été pris en compte pour la négociation. » Une façon d'œuvrer à l'entrée d'Oman, un jour, dans cette liste des pays tiers dont les ressortissants pourraient se passer de visa pour franchir la frontière extérieure de l'Europe. Un club qu'est donc sur le point d'intégrer le Qatar, après des années d'intense lobbying.

Sans compter ce qui ressemble à un lobbying occulte.

1. Les ressortissants de ces deux États seraient autorisés à visiter l'Union européenne sans visa, en deçà de 90 jours et sous réserve de disposer d'un passeport biométrique.

Dans l'allée centrale de la salle, à l'issue du vote, Eva Kaïli rejoint son collègue Marc Tarabella à qui elle fait une longue accolade. Avant que la caméra qui retransmet la séance ne se coupe, on devine que la Grecque va faire de même avec Alessandra Moretti. Chacun se congratule. C'est l'issue gagnante d'un parcours commencé des années plus tôt.

En 2018, pour être précis. Du moins pour l'ex-« Monsieur droits de l'homme » du Qatar, devenu ministre, le Dr Al Marri : « C'est une demande du Qatar qui arrive dès le début de la collaboration, dès le premier contact entre Panzeri et le "Dottore" », déclare en audition Francesco Giorgi. « Il s'agit d'un dossier important pour le Qatar », enfonce-t-il.

Un processus ardu pour les candidats putatifs, qui doivent convaincre les trois principales institutions de l'Union : la Commission, le Conseil et enfin le Parlement. « Après l'embargo, le Qatar voulait vraiment les visas Schengen car le seul pays qui l'avait obtenu avant eux [dans la péninsule Arabique], c'étaient les Émirats arabes unis en 2015 », leur grand rival, indique le jeune assistant parlementaire aux enquêteurs.

Giorgi l'avoue, et le contenu de son ordinateur vient confirmer ses dires : il a mouillé sa chemise sur ce dossier des visas. Mobilisé corps et âme dans un tango avec son mentor, Panzeri. L'un – l'expérimenté ex-eurodéputé – dans le rôle du conseiller de l'ombre, intrigant marionnettiste. L'autre dans un rôle plus administratif, zélé et synthétique, soldat en première ligne dans les couloirs lumineux du Parlement européen.

Seulement du Parlement ? Pas au début. Dans divers documents retrouvés dans son PC, Giorgi explique à ses riches clients qataris la procédure pour aboutir au résultat espéré.

À l'analyse du fichier informatique, un officier de police judiciaire résume la situation en 2018 : « Dans un premier temps, il fallait une approche technique et l'obtention de l'accord du Conseil. Et dans un second temps, un vote positif auprès de la commission Libé du Parlement européen. »

Dans un document qui constitue une véritable feuille de route – que Panzeri, Giorgi et leurs alliés proposent à Al Marri pour la période 2018-2021 –, le compagnon d'Eva Kaïli identifie « plusieurs acteurs clés » dans cette procédure. « Principalement des Grecs sont aux positions clés », écrit-il en anglais et en police de caractères rouge. « Le Qatar n'était pas sur la liste des pays éligibles pour obtenir la levée des visas jusqu'à ce que Dimítris Avramópoulos rencontre le Dr Ali et le ministre des Affaires étrangères du Qatar, puis prépare une évaluation positive sur les progrès techniques mentionnant que tous les critères techniques avaient été remplis. »

Outre Dimítris Avramópoulos, à l'époque commissaire européen à la Migration, Giorgi cible deux autres Grecs de l'exécutif européen qu'il faudrait sensibiliser : Margarítis Schinás, vice-président depuis 2019, et le chef d'unité des visas Schengen de l'institution. Sans compter deux ministres du gouvernement grec lui-même. Des hommes à convaincre pour la première phase du projet.

« Avramópoulos connaissait Eva car ils sont grecs tous les deux, se contente de dire Francesco Giorgi, toujours vigilant à ne pas incriminer la mère de leur enfant. Eva et Avramópoulos sont de partis politiques grecs différents. Quand Avramópoulos était commissaire aux visas Schengen, il a juste partagé des informations avec Panzeri. Avramópoulos avait une approche plus favorable vis-à-vis du Qatar. Il avait indiqué que le problème des visas pour le Qatar se situait au niveau du Conseil, d'un point de vue technique tout était en ordre. »

Est-ce pour ses bons conseils dans ce dossier stratégique ? L'ancien commissaire européen va rapidement intégrer après sa création le *board* de Fight Impunity, l'association d'Antonio Panzeri. Surtout :

il sera le seul membre de ce groupe de personnalités de renom – le prix Nobel de la paix congolais Denis Mukwege, l'ancienne commissaire italienne Federica Mogherini, l'ancien Premier ministre français Bernard Cazeneuve... – à être rémunéré 5 000 euros par mois pendant un an, de février 2021 à février 2022.

« J'ai accepté la rémunération (déclarée et taxée) après approbation formelle de la Commission européenne, nous précise Avramópoulos. Mon rôle n'a jamais impliqué le Qatar et s'est limité à la publication d'entretiens, d'articles et de discours sur l'impunité et la nécessité de renforcer la lutte contre ce phénomène. » Puis la relation contractuelle s'est effectivement arrêtée, « mon implication étant pratiquement inexistante », poursuit l'ancien commissaire grec. « À ce moment-là, j'avais arrêté d'écrire des articles et de prononcer des discours, je ne participais même plus en tant qu'orateur à leurs conférences et toutes mes propositions d'événements visant à promouvoir la cause de Fight Impunity étaient désapprouvées par les administrateurs. En d'autres termes, l'inertie prévalait de leur côté. C'est pourquoi je leur ai demandé d'arrêter de verser tout honoraire. »

Les autres chaînons de cette « *Greek Connection* » identifiés dans l'enquête ne sont aujourd'hui pas suspectés de faits potentiellement répréhensibles au pénal. Margarítis Schinás a seulement été titillé sur ses déclarations pro-qataries déterrées après l'éclatement du QatarGate[1].

Tous hors de cause ? Et Eva Kaïli ? Si Francesco Giorgi évite le sujet lors de ses auditions, certains des documents qu'il gardait sur son ordinateur semblent parler à sa place. En particulier ce

1. « Enquête pour corruption : le commissaire européen Schinás défend ses tweets et sa présence au Qatar », RTBF.be, 13/12/2023.

tableau numérique – le même qui recense déjà les initiatives du groupe en faveur du Qatar et du Maroc – et son onglet entièrement dédié aux « activités sur les visas Schengen ». Trente-six lignes qui commencent en novembre 2018 et s'arrêtent au 1er décembre 2022, jour du vote final. Un fichier où l'on retrouve deux fois la lettre « E ». Comme Eva ? Et d'autres lignes concernent des actions entreprises par la compagne de Giorgi sans la nommer, comme écrire une lettre le 20 avril 2022 à deux commissaires européens et au haut-représentant de l'UE pour les Affaires étrangères Josep Borrell, leur demandant « d'accélérer » la procédure de levée de l'obligation de visas pour le Koweït et le Qatar. Ces lettres sont toutes versées au dossier d'instruction.

« Eva Kaïli a été invitée à l'inauguration de la Coupe du monde par le Qatar et [le président de la Fifa Gianni] Infantino », ajoute Antonio Panzeri lors d'une audition de « repenti ». « Puisque la question des visas était en discussion et que les Français avaient une attitude hostile, Francesco m'a dit qu'Eva Kaïli avait demandé auprès d'Infantino d'intervenir auprès de Macron pour la question des visas. Je ne sais pas s'il l'a fait. »

La Fifa n'a pas souhaité « commenter des rumeurs », et l'Élysée a indiqué que Gianni Infantino n'avait pas entrepris une telle démarche auprès du président de la République[1].

L'interventionnisme de l'ancienne vice-présidente du Parlement paraît toutefois faire peu de doute au sein de l'institution. La rapporteuse fictive de Renew – le groupe centriste –, la Suédoise Abir Al-Sahlani, raconte ainsi comment Eva Kaïli lui avait demandé un rendez-vous pour discuter des droits de l'enfant en Iran. En

1. Rémi Dupré, « À la tête de la Fifa, l'hyperprésident Gianni Infantino réélu », Lemonde.fr, 15/03/2023.

fait, « une embuscade, dénonce l'europarlementaire scandinave. Nous avons eu une conversation de 30 minutes, dont 25 minutes ont été consacrées à débattre des raisons pour lesquelles le Qatar devrait avoir la libéralisation des visas[1]. »

« Ce vote sur les visas n'a pas été l'objet d'interventions [malveillantes], continue à dire Juan Fernando López Aguilar. La procédure était régulière. [...] Lorsque vous voyez une dispute entre deux membres du Parlement sur un sujet particulier, y compris sur ce sujet, vous n'avez aucune raison de soupçonner qu'en coulisses il y a d'autres considérations que leurs propres lignes politiques. Qu'il pourrait y avoir des intérêts économiques. Vous vous dites simplement qu'il se trouve qu'il ou elle est espagnol et il ou elle est danois, qu'il ou elle est italien et il ou elle est français... et que ce sont les bases de différences de points de vue. Pas parce qu'il ou elle est payé ! »

*

Pietro Bartolo, vice-président de la commission Libé, a droit à une petite discussion avec son ami Antonio Panzeri lorsque le dossier des visas débarque au Parlement. « Panzeri s'explique avec lui et lui impose de se porter candidat » pour être le rapporteur fictif du S & D, assène Giorgi en audition. « Pour rappel Panzeri avait embauché son fils dans Fight Impunity. »

Ce rôle de rapporteur fictif est une aubaine pour l'équipe de Panzeri : elle devrait leur permettre d'obtenir tous les renseignements qu'ils souhaitent, en temps réel, sur les négociations intergroupes. Mais Pietro Bartolo a un caillou dans sa chaussure,

1. Carl Von Skeele, « Svensk MEP i möte : Skulle övertygas om Qatars sak », *Arbetsvärlden*, 12/12/2022.

sa cheffe assistante n'est pas très enthousiaste à l'idée que l'élu sicilien endosse cette fonction, s'engage dans le dossier. Son élu, le « médecin de Lampedusa », spécialiste de la migration en Méditerranée, que viendrait-il faire dans cette histoire ? Plus embêtant encore, elle ne partage pas les vues très conciliantes – et on sait pourquoi – des proches de Pietro Bartolo sur la question qatarie. « Bartolo est téléguidé par Panzeri[1] », jure Giorgi. Qui ajoute que le futur repenti disposait d'une taupe au sein de l'équipe de Bartolo en la personne de son ancien assistant, Giuseppe Meroni. « Son rôle était de prendre la température. »

Jusqu'au bout, l'assistante en chef de Bartolo causera du souci à Panzeri et Giorgi. À moins de quatre jours du vote final, un « moratoire sur le Qatar » refait son apparition dans le texte en préparation. Pour les deux complices, c'est une petite catastrophe :

— Excuse-moi, Eva a-t-elle parlé avec le président de Libé ? interroge Panzeri.

— Ben oui, répond Giorgi, nous voulions d'abord attendre de voir quelle est la direction pour ça, parce que tu sais, comme nous sommes encore, enfin, il semblerait que la chose soit dans une phase positive, ben, nous ne voulions pas trop emmerder les gens ! Donc, je voulais d'abord comprendre quelle était la direction, mais je n'aurais jamais pensé que la demande de faire une chose pareille viendrait de Bartolo ! Donc maintenant il faut interv... le faire intervenir. Je dirai à Eva d'appeler et de lui dire euh qu'on ne se comporte pas comme ça !

— Oui ! approuve Panzeri.

— Cette connasse ! crache Giorgi au sujet de l'assistante honnie qui leur cause tant de tourments.

1. Pietro Bartolo n'a pas donné suite à nos demandes de précisions.

— Après quoi je vais rappeler encore [un autre assistant de Pietro Bartolo[1]] pour comprendre à quoi il pense.

— Écoute, j'ai tellement envie qu'ils aillent tous se faire foutre ! Tu peux pas imaginer, j'en peux plus ! soupire le compagnon d'Eva Kaïli.

— Mais je sais !

— J'en peux plus !

— Et puis, et puis je vais essayer avant ce soir d'appeler Bartolo, à nouveau, et lui dire : « Mais excuse-moi je t'avais demandé au début de suivre cette affaire, mais ça signifie pas que maintenant tu la suis à ta guise ! Sinon tu aurais pu me dire non au début si tu ne voulais pas la suivre ! »

Dix minutes plus tard, Giorgi reprend son téléphone, il appelle Eva Kaïli, lui explique la situation. Et lui demande d'intervenir auprès du président de Libé, tandis que Panzeri se charge de rappeler à l'ordre le député Bartolo. Kaïli est également remontée contre le revirement de Bartolo sur le dossier, qu'elle attribue, là encore, à son assistante – « Comment elle peut demander ça ? » Francesco demande à sa compagne d'appeler López Aguilar pour régler la situation. Eva Kaïli s'agace et met un terme abruptement à cette conversation.

Alors qu'elle est détenue depuis plus d'un mois, les enquêteurs confrontent la vice-présidente déchue du Parlement à cette interception téléphonique :

> - Je peux vous expliquer pourquoi je suis si en colère dans cette conversation. Deux jours après cette conversation, le dossier allait être voté. D'habitude, il n'y a pas

1. Nous avons décidé de ne pas révéler son identité, il ne semble pas avoir joué un rôle dans le dossier.

de modification, au dernier moment on ne peut pas changer un texte. J'ai compris que c'était la conseillère de Bartolo qui voulait faire des changements dans le texte [...].

- De quel vote s'agit-il ?

- Il s'agit du vote sur les visas pour les pays du Golfe [...]. Juste avant le vote, le Koweït avait procédé à sept exécutions capitales. Ce fait a provoqué des évolutions et ils essayaient de résoudre cela.

- Pourquoi Pietro Bartolo n'appelle-t-il pas directement le président de la commission, López Aguilar ?

- Ils communiquent entre eux, se contente de répondre Kaïli.

- Que vient faire Panzeri là-dedans ?

- Il se mêle de tout. Il y a beaucoup d'Italiens et Panzeri trouve le temps de s'occuper de beaucoup de détails. De toute façon la procédure [de levée des visas] allait avancer sans Panzeri. Je pense qu'il veut se montrer utile. Panzeri manipule également Francesco.

- Il vous manipule également, font remarquer les policiers en rappelant à l'inculpée que c'est Panzeri qui venait de demander à Giorgi de la faire intervenir.

- J'ai répondu à Francesco que j'allais juste faire un contrôle.

Mais les enquêteurs avaient encore une autre écoute à faire entendre à Eva Kaïli. Dans la foulée, Giorgi avait rappelé Antonio Panzeri, lui indiquant qu'Eva était en train d'appeler le président López Aguilar. Exactement comme le souhaitait l'Italien de 67 ans.

« Quels sont vos commentaires ? », demandent les deux policiers. Réponse de Kaïli : « Je n'ai pas de commentaire. »

19

Projets d'expansion

10 janvier 2023, 14 h 31

- Lors d'une perquisition effectuée dans un appartement situé au deuxième étage, rue de la Tulipe à Ixelles, mes collègues ont constaté que vous résidiez à cette adresse avec une colocataire. Selon nos informations, le propriétaire de cet appartement est Giorgi Francesco. Quels sont vos commentaires ?

- C'est exact.

- Depuis quand êtes-vous locataire de cet appartement ?

- Depuis que je suis arrivée à Bruxelles, en mars 2022.

- Dans quelles circonstances avez-vous fait la connaissance de M. Giorgi Francesco ?

- Le contact s'est établi par l'intermédiaire de son ancienne locataire [...]. Je n'ai pas rencontré M. Giorgi tout de suite, il m'a rendu visite une semaine après mon entrée dans l'appartement afin de faire connaissance et percevoir le premier mois de loyer.

- Avez-vous signé un contrat de bail ?

- Non, j'aime penser que c'est parce qu'on n'en a pas eu l'occasion.

- Quel est le montant de votre loyer mensuel ?

- 600 euros, tout compris.

- Comment payez-vous votre loyer à Giorgi Francesco ? Par virement bancaire, en cash ?

- En cash.

- À la demande de qui ?

- À sa demande.

Un mois plus tôt

Alors que leurs collègues et le juge d'instruction perquisitionnent l'appartement d'Eva Kaïli, à moins d'un kilomètre de là, cinq officiers et un agent de la police judiciaire se font ouvrir par la concierge la porte d'un immeuble de neuf étages, rue de la Tulipe. L'appartement que possède Francesco Giorgi est censé être vide : l'assistant parlementaire réside avec sa compagne, Eva, dans leur duplex de la rue Wiertz et, surtout, il piétine depuis plusieurs heures déjà dans une des cellules de la police fédérale, attendant d'être auditionné.

R., une consultante portugaise de 27 ans, accueille pourtant les policiers. On ne sait qui, d'elle – six enquêteurs lui brandissent leurs cartes sous le nez et lui font signer un mandat de perquisition – ou d'eux – la jeune femme n'est pas enregistrée à cette adresse au registre communal –, est le plus surpris. « R. nous explique spontanément avoir fait un stage au Parlement européen et qu'elle cherchait un appartement sur Bruxelles, note un des agents sur son P-V. Elle a trouvé sur Facebook une annonce pour cet appartement rue de la Tulipe, la location a commencé au mois de mars 2022. » Comme la jeune femme le confirmera lors de son audition le 10 janvier, le paiement se fait « en cash ». Six cents euros, « tout compris ».

Situé au deuxième étage, l'appartement de Giorgi est relativement vaste : un hall d'entrée bordé par une cuisine sur la droite ; un salon, une salle à manger et une cuisine en face et, dans le prolongement, un autre couloir qui permet d'accéder à la salle de bains et à deux chambres à coucher. R. dort dans celle de droite, et l'autre, découvrent les policiers, est à la disposition d'une seconde locataire, une comptable italienne de 51 ans. « En 2020, j'avais fait la connaissance de M. Panzeri », explique-t-elle aux policiers, qui n'en reviennent toujours pas qu'un appartement supposément désert soit aussi fréquenté. « Un jour, en mai 2022, je l'ai rencontré dans la rue et je lui ai dit que je cherchais un appartement pour le mois de septembre. Il m'a dit qu'il connaissait un assistant parlementaire qui avait une chambre à louer dans un appartement. » Pour un coût, cette fois encore, de 600 euros. Sans bail. Sans domiciliation officielle.

Deux chambres, deux locataires : en achevant leur perquisition au début du mois de décembre 2022, les enquêteurs auraient pu penser que le compte était bon, tout comme ceux de Giorgi, qui avait su habilement tirer profit de cet appartement emporté huit ans plus tôt pour 145 000 euros en vente publique. Mais c'était sous-estimer le sens des affaires du conseiller politique.

Quand, peu après cette visite rue de la Tulipe, les policiers extraient l'assistant parlementaire de sa cellule à la prison de Saint-Gilles pour une nouvelle audition, il est d'une apparente bonne volonté : « Durant ces trois jours de détention, dit-il, j'ai beaucoup réfléchi. Pour essayer de m'en sortir au plus vite, la meilleure chose est de tout vous dire et de détailler les liens afin de vous faciliter la tâche et la mienne, dans le sens de retrouver ma femme et ma fille. » Encouragé par son conseil, Me Pierre Monville, il tend à ses interlocuteurs une feuille de papier, un A4 sur lequel il a griffonné « un schéma qui explique dans le détail tout le système mis en place ». Côté qatari, il n'y a qu'à suivre les flèches, commente Giorgi, pour tracer l'argent qu'aurait versé le ministre du Travail à ses factotums. Même jeu de piste côté marocain, les voies de la corruption présumée sont tracées au feutre noir, l'ambassadeur Abderrahim Atmoun et l'ex-parlementaire Antonio Panzeri font figure d'aiguillages. Et puis, bien que moins dense, ce troisième réseau de traits nerveux. Inattendu. Le donneur d'ordres serait le représentant de la Mauritanie en Belgique, les bénéficiaires, Panzeri et Giorgi.

Même s'ils n'en connaissent à ce moment pas les détails, cette relation entre le délégué de Nouakchott et l'assistant parlementaire n'est pas une réelle surprise pour les policiers. L'analyse d'un de ses comptes bancaires par la Cellule belge de Traitement des Informations financières (CTIF), a révélé qu'il a été crédité à partir de décembre 2020 d'un total de 50 400 euros par Abdellahi Kebd[1], ambassadeur de Mauritanie à Bruxelles. À titre de « loyers + charges ». On se bouscule dans l'appartement de la rue de la Tulipe.

« Personne de la Mauritanie n'est jamais venu », assure Giorgi en détaillant le croquis présenté aux enquêteurs. La mention « Ambassadeur » chapeaute cet organigramme, un trait pointe vers le nom de Giorgi, un autre vers celui de Panzeri.

> – Le système était très simple, il n'y avait que Panzeri et moi qui étions impliqués, commente l'inculpé lors de cette audition. En ce qui concerne la rémunération, j'avais suggéré de prendre mon avantage via le loyer de mon appartement. […] L'ambassadeur m'a dit qu'il avait besoin d'un appartement pour les délégations qui venaient lui rendre visite.

1. L'ambassade de Mauritanie n'a pas donné suite à nos questions.

– Et M. Panzeri, a-t-il été rémunéré ? interrompt un des enquêteurs.

– Il a touché 25 000 euros en cash de l'ambassadeur. Il n'était pas au courant du fait que je louais mon appartement, il pensait que j'avais moi aussi reçu ma rémunération en cash.

– Et vous, avez-vous reçu de l'argent liquide ?

– Je n'ai jamais reçu de cash de la Mauritanie, il y avait déjà assez de cash.

Antonio Panzeri, lorsqu'il est pour la première fois interrogé au début du mois de février 2022 sous le statut de repenti, n'a pas les mêmes souvenirs que son ex-ami. Le montant qui leur fut promis, dit-il, était de 50 000 euros chacun et chaque année : « Cet argent nous a été remis en cash à la résidence bruxelloise de l'ambassadeur, fin 2019. » Il détaille : si la crise Covid les a privés de cadeaux en 2020 et si « des difficultés d'approvisionnement » ont encore empêché tout versement en 2022 – « vu votre intervention, plus rien ne s'est concrétisé » –, l'argent annoncé leur fut bien remis entre ces périodes de disette. Soit, résume-t-il, un total de 200 000 euros à se partager, pour moitié en 2019 et pour autre moitié en 2021. Toutefois, nuance-t-il, « Giorgi était présent lorsque je recevais l'argent mais, moi, je n'étais pas là quand il recevait le sien ».

Au moment de boucler cet ouvrage, les deux hommes n'avaient pas encore été confrontés et, par conséquent, l'apparente générosité mauritanienne n'avait pu être évaluée avec précision. Annexé au dossier judiciaire, un rapport d'enquête de la CTIF, l'équivalent de Tracfin en France, confirme néanmoins que l'ambassadeur avait les moyens des ambitions que dénonce Panzeri : entre mai et juillet 2022, près de 100 000 euros ont été retirés en espèces de son compte ING.

Sensiblement plus vaste que la France, bordée par l'Algérie, le Mali, le Sahara occidental, le Sénégal et l'océan Atlantique, la République islamique de Mauritanie n'a jamais – si ce n'est pour ses régulières violations des droits humains et pour les accords de pêche conclus avec l'Union[1] – réellement excité les passions européennes. Pas même celles de Panzeri et Giorgi : « Il m'a été demandé que l'on ne parle pas mal du pays et qu'on s'y intéresse plutôt de manière positive », explique sobrement le premier aux policiers fédéraux. Cet appel à l'aide lui aurait été glissé par l'ancien président, Mohamed Ould Abdel Aziz[2]. Une photo publiée sur le réseau social Instagram le 19 janvier 2019 montre les deux hommes côte à côte, elle est commentée par le président de la sous-commission droits de l'homme du Parlement : « Il y a eu d'importants échanges de vues, au cours desquels j'ai précisé que l'Union européenne ne veut pas porter de jugements ou de leçons. »

« Pour la Mauritanie, l'objectif était qu'on n'en parle pas car les sujets étaient assez négatifs lorsqu['elle] était évoquée », renchérit Giorgi. De fait, comme le rapportent les relevés de prestations scrupuleusement établis par l'assistant parlementaire puis partagés avec les enquêteurs, 12 actions seulement sont référencées en faveur du – pourtant en apparence généreux – commanditaire présumé d'Afrique de l'Ouest. *Allegro ma non troppo…*

Ainsi un débat en octobre 2019 sur les relations entre l'Union européenne et la Mauritanie[3], l'appui du Parlement à l'intégration

1. En échange du droit de pêcher accordé aux Européens dans les eaux mauritaniennes, Nouakchott reçoit d'importantes compensations financières.

2. Le gouvernement mauritanien et les avocats de l'ex-président n'ont pas répondu à nos demandes de précisions.

3. « Exchange of views on the EU relations with Mauritania, in the presence of H.E. Mr. Abdallahi Bah Nagi Kebd, Ambassador of Mauritania », sous-commission Droi du Parlement européen, Bruxelles, 17/10/2019.

de la Mauritanie dans le programme européen Inter Pares[1], la prolongation en mai 2020 des accords de pêche[2]... Cette collaboration aurait dû perdurer, comme l'explique Panzeri aux policiers, si ceux-ci n'avaient pas brutalement mis fin à son commerce en décembre 2022. Car, six mois auparavant, une conférence s'était tenue à Nouakchott, elle était co-organisée par l'ancien parlementaire et son association, Fight Impunity : « Nous en avons profité, avec Giorgi, pour asseoir, avec le ministre des Affaires étrangères et le nouveau président mauritanien[3], notre collaboration. »

Programmé du 27 au 28 juin 2022, ce colloque sur la gouvernance et le développement des droits humains dans la région du Sahel était une initiative de l'eurodéputée belge Marie Arena – qui a succédé à Antonio Panzeri à la tête de la sous-commission droits de l'homme – et de la représentante spéciale de l'UE pour le Sahel, Emanuela Del Re. En collaboration avec le gouvernement de Mauritanie et deux associations sans but lucratif, Fight Impunity, dirigée par Panzeri, et No Peace Without Justice, de Niccolò Figà-Talamanca et la participation du gouvernement de Mauritanie.

« Ce colloque devait initialement être organisé au Niger mais, afin de ne pas concentrer trop d'événements à Niamey en l'espace de quelques mois, il a finalement été déplacé en Mauritanie », se souvient un des participants. « Les trois autres pays du G5 Sahel[4]

1. Un programme européen renforçant les liens entre les parlements des États membres et sept parlements d'États tiers, dont la Mauritanie.

2. « Statement by the Chair of the European Parliament Delegation for relations with the Maghreb countries », Bruxelles, 13/05/2020.

3. Le 1er août 2019, Mohamed Ould Ghazouani est devenu président de la République mauritanienne, succédant ainsi à M. Mohamed Aziz.

4. La Mauritanie, le Burkina Faso, le Mali, le Niger et le Tchad.

étaient sous tension, confirme Emanuela Del Re. Marie Arena a proposé à Fight Impunity, qui faisait du bon travail avec le Parlement et d'autres institutions, de participer et nous avons accepté. »

27 avril 2023, 15 heures

Giorgi est à la peine, deux agents de l'OCRC sont venus le cueillir en début de matinée à son domicile, où il est sous la surveillance d'un bracelet électronique. Les questions fusent depuis deux heures, ses interlocuteurs ne fatiguent pas :

> – Y a-t-il d'autres pays où des contacts ont été initiés ?
>
> – Non, affirme l'assistant parlementaire. Le Qatar se terminait en 2024 et nous n'avions pas discuté du futur.
>
> – Panzeri avait des contacts avec Oman. Savez-vous quelque chose ?
>
> – J'avais arrangé un rendez-vous avec un ministre, lorsqu'une délégation est venue à Bruxelles pour le vote de la commission Libé. Je sais qu'Eva les a rencontrés, la présidente ne voulait pas les recevoir. C'est donc Eva qui les a rencontrés et les a emmenés au vote de la commission Libé [...].
>
> – Panzeri n'avait rien planifié pour Oman ?
>
> – Non, on avait juste rencontré ce ministre qui voulait des informations sur les visas. Je l'ai rencontré au moment du vote. Et j'ai arrangé la rencontre avec Panzeri.
>
> – Pourquoi avoir organisé une rencontre entre lui et Panzeri ?
>
> – Parce qu'il y avait peut-être une opportunité à saisir. Il voulait savoir s'il y avait moyen d'avoir des conseils de Panzeri.
>
> – Est-ce qu'il y avait déjà quelque chose de

planifié lors de cette première rencontre avec Oman ?

– Évidemment, le but était d'utiliser le réseau qui avait servi pour le Qatar. Panzeri m'a dit de voir et d'essayer un peu, il y a un intérêt financier chez Panzeri. Au Parlement, il est facile d'approcher des gens. Ce n'était pas un ministre, c'était un ambassadeur. Au mois de décembre, il y avait Tarabella qui était présent et qui a également rencontré les représentants d'Oman. Je crois que la rencontre avec Tarabella s'est faite avant la rencontre avec Eva, qui les a conduits jusqu'à la salle de vote.

– Était-ce une demande de la délégation d'Oman ?

– Je ne sais pas.

Le 1er décembre 2022, quelques jours à peine avant que la justice vienne jouer les trublions dans les couloirs du Parlement européen, celui-ci, via sa commission des libertés civiles (Libé), avait fait montre d'ouverture à l'égard du Qatar mais aussi du Koweït, d'Oman et de l'Équateur en approuvant « une proposition visant à accorder [à leurs ressortissants] un visa jusqu'à 90 jours[1] ». Le projet devait ensuite être approuvé par l'ensemble des parlementaires puis négocié avec le Conseil. Si le Qatar et le Koweït figuraient dans la proposition faite quelques mois plus tôt par la Commission[2], l'Équateur et Oman, eux, entamaient à peine leur parcours. Giorgi et Panzeri avaient donc flairé une opportunité. Eva Kaïli, bien que non-membre de

1. « Les députés soutiennent la liberté de visa de l'UE pour les citoyens du Koweït, du Qatar, d'Oman et de l'Équateur », communiqué de presse du Parlement européen, Bruxelles, 1er/12/2022.

2. « Regulation [...] amending Regulation (EU) 2018/1806, listing the third countries whose nationals must be in possession of visas when crossing the external borders and those whose nationals are exempt from that requirement », proposition de la Commission européenne, Bruxelles, 27/04/2022.

cette commission Libé, avait participé au vote du 1er décembre[1] : « Elle voulait montrer à la délégation d'Oman qu'elle participait, commente Giorgi. C'était un geste institutionnel. »

L'assistant parlementaire affirme encore avoir rencontré une délégation de cette monarchie de la péninsule Arabique quelques heures avant la réunion au Parlement, et Antonio Panzeri l'accompagnait : « Je l'ai assisté pour traduire. C'était un dialogue technique pour savoir pourquoi le Qatar avait obtenu un accord pour les visas et pourquoi Oman n'avait encore rien obtenu. » Mais ce n'était alors qu'une prudente prise de contact, pas encore une offre de services : « Il s'agissait d'une discussion générale pour se présenter et échanger nos points de vue, il était question d'un autre rendez-vous. » Cette nouvelle entrevue devait initialement avoir lieu quelques semaines plus tard, au cœur des vacances d'hiver, dans la station balnéaire de Salalah. Jusqu'à ce que Panzeri, convaincu par son ami Abderrahim Atmoun – et sans se douter que les perquisitions du mois de décembre allaient anéantir ce rêve de farniente –, déprogramme ce survol du Moyen-Orient, lui préférant quelques jours de repos dans un luxueux hôtel marocain.

Si les policiers fédéraux pressent Giorgi de questions sur Oman, c'est qu'ils savent que l'intérêt de Panzeri pour ce sultanat ne s'est pas subitement manifesté au mois de décembre, lorsqu'une délégation est venue assister au vote de la commission Libé. Quelques semaines plus tôt, fin octobre, l'Italien avait déjà partagé avec son épouse – agacée – ses envies de voyages lointains, le mois de décembre était envisagé :

— J'étais au téléphone avec Atmoun, dit Panzeri.

— Ah non ! répond Dolores.

— Si.

1. Voir chapitre 17.

— Et ? Vous avez changé les plans ?

— Non, absolument rien n'a changé. Il m'a juste confirmé pour le nouvel an, du 27 au 5, donc.

— Mmmm...

— Tu sais qui j'ai rencontré aujourd'hui ?

— Pour partir juste trois jours ! En plus, il n'y a pas la mer. Il n'y a pas d'air pur. Et merde, alors !

— Écoute !

— Partir juste trois jours...

— Mais, comment ça, trois jours ?! Du 27 au 5, il y a bien dix jours.

— Non, écoute : d'habitude, nous partons du 22 au 5, à la mer.

— Non, je t'ai dit du 27 au 5, ça fait dix jours, premièrement. Deuxièmement, nous avons dit que nous irons là-bas plus tard, on ira... D'ailleurs, aujourd'hui, j'ai rencontré le vice-ministre des Affaires étrangères d'Oman. Tu te rends compte ?

— Bien ! Fais-en ton ami ! Bon, tu l'as probablement rencontré avec d'autres et tu n'as pas pipé un mot en anglais.

— Non, non, non, je l'ai rencontré tout seul !

— Ouais... C'est ça, toi et lui...

— Donc...

— Et c'est qui, ce type ? Des Affaires étrangères ?

— Vice-ministre des Affaires étrangères d'Oman.

— Et toi, tu ne lui as pas dit que nous aimons son pays ?

— Si ! J'ai déjà tout dit. Maintenant, si les choses fonctionnent, j'irai probablement à Mascate début décembre, donc.

— Mais, mon pauuuvre... C'est sûr, tu fais tes combines pour aller te balader partout : Qatar...

— Mais noooon, mon amour ! Allez...

20

« Panzeri n'est plus mon ami »

8 avril 2023, 8 h 40

« Je sais qu'il y a une relation amoureuse entre eux mais je ne sais pas s'ils avaient des accords. » Évoquant en audition la proximité, la promiscuité plutôt, entre la présidente de la commission des droits de l'homme et son prédécesseur, Francesco Giorgi ne commet pas d'indiscrétion, cela fait plusieurs mois déjà que le cœur des enquêteurs palpite à l'unisson avec ceux de Marie Arena et d'Antonio Panzeri. Il y a ces 389 échanges téléphoniques de décembre 2021 à septembre 2022, démonstration bavarde d'une complicité dont la nature reste encore à déterminer. Il y a aussi cette photographie de l'eurodéputée, utilisée par son ami comme marque-page et qu'ont saisie les policiers. Ou cet autre cliché allègrement – et de manière tronquée – diffusé par certains médias[1], joue contre joue, elle qui rit et lui qui sourit,

1. Cette photo peut encore aisément être trouvée sur Internet, elle montre Panzeri et Arena posant pour ce qui semble être un selfie. Mais ce cliché a volontairement et on ne sait par qui été recadré avant sa diffusion : une amie de Panzeri et Arena prend aussi la pose sur la version originale.

une tranche de bonheur figée en 2018 place des Chevaliers-de-Malte à Rome.

Et comment interpréter les invitations à répétition que, depuis 2019, elle lui a lancées depuis la chaire des droits de l'homme, à lui qui n'était somme toute que le fondateur d'une association sans but lucratif comme il en gravite des centaines, des milliers au cœur du quartier européen de Bruxelles[1] ? Et ce collier qui, rapportent des écoutes, lui aurait été offert lors d'un voyage au Qatar mais qu'elle dément fermement avoir jamais reçu ?

Le 10 mai 2022 en effet, Panzeri et Giorgi discutent, le premier résume la visite de Doha qu'il vient d'effectuer en compagnie, notamment, de Marie Arena. Il y aurait rencontré le ministre des Affaires étrangères :

— Combien de temps a duré la rencontre ? lui demande Giorgi.

— Une quarantaine de minutes, chez lui.

— Ah… Chez lui ?

— Oui, oui, à 20 kilomètres en dehors. J'ai reçu une montre.

— Ah oui ?

— Je suis discret. Je me suis arrêté avec l'Algérien[2]. Et je lui ai dit : si je le savais… Me balader avec un truc pareil… Je lui ai tout laissé, à elle.

— Tu lui as laissé, à elle ?

— C'est tout un paquet, reprend Panzeri. Fermé. Et ensuite, j'écrivais le communiqué et elle me dit : que dois-je faire avec ça ? Et elle me sort un petit collier avec une rose, un truc de bijouterie.

— Mais, elle l'a gardé ?

1. Voir chapitre 10.

2. Boudjellal Bettahar, un des plus proches collaborateurs du ministre du Travail Al Marri.

— Oui, oui. Nous avons envoyé un petit cadeau à Lasure[1], les brols[2] qu'ils donnent pour les rencontres et elle a dit : « Niccolò, ça c'est pour toi[3] ! » [...] J'ai dit ça à l'Algérien, cette affaire-là, j'ai inséré son fils dans les Mondiaux, à Maria.

— Son fils ?

— Ugo.

Le nom de Marie Arena n'apparaît pas en filigrane du dossier judiciaire, il le ponctue. Dès l'introduction. Avant même l'introduction, en préambule : « Le travail de l'équipe au sein du Parlement européen repose sur la collaboration consciente d'un groupe de parlementaires désignés comme "amis", tous membres de la fraction S & D du Parlement », note la Sûreté de l'État dans son rapport initial. « L'équipe » au sein du Parlement, c'est Panzeri, Giorgi et Cozzolino. Les « amis les plus proches » désignent Eva Kaïli et Marie Arena. Deux pages plus loin, l'eurodéputée belge est présentée comme coleader de cette bande d'amis, une des chevilles ouvrières de cette entreprise d'ingérence que soupçonne le service de renseignement. Et que dire de cette conversation captée dans un restaurant bruxellois, à laquelle participent Atmoun et Arena ? Le premier, évoquant les vacances que le fils de la seconde envisage de passer au Maroc, affirme qu'il lui apportera toute l'aide nécessaire, qu'il peut compter sur les conseils de « tonton Atmoun ».

Dans une autre fiche, versée au dossier dès le mois de septembre 2022 par les policiers anticorruption, les analystes

1. Personne non identifiée.

2. Terme typiquement belge signifiant « trucs » ou « bazars ».

3. Il pourrait s'agir de la montre que Niccolò Figà-Talamanca a tenté de revendre dès son retour en Belgique (voir chapitre 10). Ce que ni son détenteur, ni Marie Arena ne confirment.

qui ont disséqué les relevés de téléphonie concluent qu'« au vu des éléments relevés ci-dessus, il appert la mise en évidence des liens nombreux entre Panzeri Pier Antonio, Giorgi Francesco, Atmoun Abderrahim, Arena Marie, Meroni Giuseppe ainsi que d'autres suspects dans le dossier ».

Les liens étroits entre Panzeri et la parlementaire tenaient-ils de la camaraderie – « une relation que je qualifierais d'amitié professionnelle[1] », d'après Marie Arena –, de l'idylle – « leur liaison affective (passée certainement, actuelle je ne sais pas) est très bien connue en interne », rapporte spontanément un fonctionnaire européen aux enquêteurs – ou de l'organisation criminelle ? Seule l'enquête judiciaire le dira.

À la différence de Marc Tarabella, dont le domicile est fouillé dès le 10 décembre, Marie Arena n'a pas droit aux mêmes attentions. Ni les premiers jours, ni les premières semaines, ni les premiers mois. Son parti, le Parti socialiste belge, ne semble pas davantage préoccupé : alors que Marc Tarabella est suspendu de sa qualité de membre le 13 décembre, sur la foi d'une seule déclaration de Panzeri[2], sa collègue n'a pas, ni sur le moment ni les mois suivants, été entendue par la commission de vigilance du parti. En janvier 2023, elle avait néanmoins abandonné « définitivement » la présidence de la commission des droits de l'homme, « au vu des attaques politico-médiatiques de ces dernières semaines qui nuisent non seulement à mon image, mais aussi à l'ensemble du travail réalisé au sein de la sous-commission droits de l'homme ».

1. Louis Colart et Joël Matriche, « Corruption au Parlement européen : les liaisons dangereuses de Marie Arena », *Le Soir*, 05/01/2023.

2. Antonio Panzeri ne confirmera et précisera son accusation – « Marc Tarabella a touché de l'argent » – que sous le statut de repenti, en 2023.

19 juillet 2023

« J'ai été appelée ce jour pour être présente à mon domicile à la suite de la visite du juge d'instruction dans le cadre de l'enquête sur le QatarGate. » C'est par la voie d'un communiqué envoyé par son avocate, Michèle Hirsch, à l'agence de presse belge Belga que Marie Arena choisit, elle-même, d'annoncer la perquisition dont son appartement de Schaerbeek vient de faire l'objet. Sept mois après l'éclatement du dossier. « J'avais signalé à la juge d'instruction que je me tenais à sa disposition, poursuit l'élue. Je suis convaincue que l'enquête confirmera que je ne suis impliquée en aucune manière dans ce dossier. Je serai probablement entendue dans les semaines à venir, après les vacances. » À la manœuvre, la juge d'instruction Aurélie Dejaiffe, qui remplace depuis quelques semaines son collègue Michel Claise. Les agents de l'OCRC sont présents, de même que le magistrat fédéral et la présidente du Parlement européen, Roberta Metsola. Celle-ci a expressément mis sur pause les vacances qu'elle passait avec sa famille en Scandinavie. Vers 12 h 30, après avoir vainement fait tinter la sonnette de l'appartement puis requis un serrurier, le maître-chien investit les lieux : l'animal bondit sur une table de chevet et en fait tomber un petit carnet d'où s'échappent quelques centaines d'euros. La fouille proprement dite débute à 13 h 07, sous la surveillance de Metsola puis de Marie Arena, qui a expressément quitté une réunion au Parlement européen. Son avocate la rejoint dans la foulée.

Cinq autres perquisitions sont menées ce 19 juillet : une chez son fils Ugo, une autre dans la commune de Forest où est domicilié le second fils d'Arena, une troisième au siège de BRC & Co, le grossiste en cannabidiol (CBD) qu'Ugo détient avec six associés. Les policiers se sont aussi rendus à deux autres adresses, des visites non pertinentes.

Si les policiers ne font que s'emparer de documents et fichiers informatiques dans les bureaux de la société et dans le logement de l'eurodéputée, ils pénètrent aussi dans l'appartement mitoyen, celui d'Ugo qui est absent[1]. C'est la sidération : éparpillés sur la table mais aussi, pour une autre partie, soigneusement rangés dans des boîtes de plastique semi-transparentes qui sont sur le balcon et dans un coffre-fort, des milliers de billets de banque, près de 300 000 euros, révélera le décompte effectué par la Banque nationale. À l'heure de boucler ces lignes, l'origine de cet argent n'était toujours pas connue.

« On n'est pas responsable de ses enfants, il a 30 ans, il est majeur et vacciné, réagit Marie Arena. Ça m'affecte, parce que je suis une mère. Mais ce qui est clair, c'est que je n'ai rien à voir avec ce qui a été trouvé chez mon fils. Et ça n'a rien à voir avec le Qatar. Je peux vous le dire les deux mains au feu. »

Le 10 septembre 2023, l'eurodéputée sort en effet du silence en invitant dans le cabinet de ses avocats Michèle Hirsch et Morgan Bonneure des journalistes du *Monde*[2], du *Soir*[3] et de *La Libre Belgique*[4]. Parce que, explique-t-elle alors, « des milliers de personnes ont voté pour moi. [...] Ces personnes ne comprennent pas que je ne réagisse pas aux attaques qui, aujourd'hui, sont partout ».

N'ayant à ce moment pas « été entendue par la justice, pas été inculpée, pas été privée de liberté, pas même été entendue comme

1. Contacté directement et par l'intermédiaire de son avocat, Ugo Lemaire n'a pas souhaité commenter.

2. Jean-Pierre Stroobants, « QatarGate : à Bruxelles, l'incertitude plane sur la poursuite de l'instruction », *Le Monde*, 11/09/2023.

3. Louis Colart et Joël Matriche, « QatarGate : Marie Arena livre sa vérité », *Le Soir*, 11/09/2023.

4. Olivier Le Bussy, « QatarGate : Marie Arena sort du silence pour "se défendre de ce dont elle n'est pas accusée" », *La Libre Belgique*, 11/09/2023.

témoin ni fait l'objet d'une demande de levée d'immunité », Marie Arena est néanmoins appelée, commente son avocate, à « se défendre de choses dont la justice ne l'accuse pas ». « Ce que je peux vous dire, c'est que, quoi qu'il arrive dans ce dossier, elle sera acquittée », martèle Me Hirsch. « Parce qu'il n'y a pas le début de preuve qu'elle ait reçu un cadeau, qu'elle ait participé à quelque chose que ce soit. » L'élue ne dit pas autre chose, elle n'a « rien à voir avec cette affaire », n'a jamais flirté avec le Maroc, ni avec le Qatar, ni avec aucun autre État tiers : « Mon père disait "Quand on monte au mât, on doit s'assurer qu'on n'a pas un trou à sa culotte", se souvient-elle. Et moi je suis toujours montée au mât. C'est la notion d'irréprochabilité. Sur les cadeaux, fréquents lors de visites à l'étranger, je les ai toujours refusés. [...] Être attaquée sur cette notion aujourd'hui me va loin. »

Si elle reconnaît avoir, le 9 décembre, recommandé un avocat à Antonio Panzeri, c'est parce qu'elle le considérait encore comme un ami. L'imparfait est de mise : « Non, Panzeri n'est plus mon ami. C'est clair. Je ne veux pas le voir. J'espère ne plus jamais le revoir de ma vie. Et je lui en voudrai tout au long de ma vie », dit-elle. « Au fur et à mesure de ce que je lisais dans la presse, je me suis sentie profondément trahie dans la confiance que j'avais placée en cette personne. Je suis fondamentalement en colère par rapport au mal que ces gens ont fait au combat qu'on mène. [...] Ces gens ont détruit nos valeurs, attaqué la démocratie – quand on voit comment le Parlement a été attaqué sur cette affaire du QatarGate. C'est destructeur, on est à la veille des élections... »

Postface

Le test

« Je pense qu'il ne serait pas exagéré de dire que ces journées comptent parmi les plus longues de ma carrière.
Je dois choisir mes mots avec soin, de manière à ne pas compromettre les investigations en cours ni à porter atteinte de quelque manière que ce soit à la présomption d'innocence.
Et je le ferai. Donc, si ma fureur, ma colère, mon chagrin ne se manifestent pas, soyez assurés qu'ils sont bien présents – ainsi que ma détermination à ce que cette assemblée devienne plus forte. »

Le ton est martial, l'œil sombre. La présidente du Parlement européen s'exprime devant l'hémicycle de Strasbourg au lendemain de la série de perquisitions des 9, 10 et 12 décembre. Roberta Metsola a notamment dû participer à celle menée chez Marc Tarabella.

« Ne vous méprenez pas, chers collègues : le Parlement européen est attaqué ; la démocratie européenne est attaquée ; et notre façon de créer des sociétés ouvertes, libres et démocratiques est attaquée.
Les ennemis de la démocratie, pour qui l'existence même de ce Parlement constitue une menace, ne reculeront devant rien.

Ces acteurs malveillants, liés à des pays tiers autocratiques, auraient utilisé des ONG, des syndicats, des individus, des assistants et des membres du Parlement européen comme des armes dans le but de maîtriser nos processus. Leurs plans malveillants ont échoué. »

Dans la foulée, la Maltaise annonce l'ouverture de la procédure pour déchoir Eva Kaïli de sa vice-présidence. La libéralisation des visas Schengen pour le Qatar ? Remisée au frigo. Les lobbyistes qataris ? Interdits dans les couloirs du Parlement. Metsola promet surtout des réformes pour renforcer l'institution contre les ingérences et la corruption. Un plan en 14 points détaillé quelques semaines plus tard.

Ce jour-là à Strasbourg, au-delà du ton de circonstance pour montrer la gravité du moment, Roberta Metsola parle d'un « test » pour son assemblée. « La corruption est l'ennemie de la démocratie et, malheureusement, nous serons toujours confrontés à ceux qui sont prêts à payer et à ceux qui sont prêts à accepter », nous dit-elle plusieurs mois après l'éclatement de l'affaire. « L'intention derrière les réformes que nous avons mises en œuvre est de chercher à défendre les valeurs mêmes d'ouverture et d'accessibilité qui ont été attaquées. Même si aucun système ni aucune institution ne peut garantir qu'un nouvel exemple de corruption se reproduise, nous avons travaillé sans relâche pour mettre en place toutes les barrières imaginables que le Parlement européen pourrait ériger lui-même. Et c'est désormais le cas, grâce à un effort collectif pour lequel je remercie un grand nombre de mes collègues. »

Mois après mois, les 14 articles de la réforme proposée par Metsola ont été mis à l'agenda, discutés et votés. Parfois avec des frictions costaudes entre groupes politiques. La droite, le propre groupe de la présidente Metsola, a bien failli faire dérailler le projet[1].

Un exemple de réforme : la période post-mandat durant laquelle il serait interdit aux ex-parlementaires d'effectuer du lobbying dans l'environnement du Parlement. « On a perdu, nous voulions deux années de *cooling-off* et on a eu six mois », constate le député socialiste luxembourgeois Marc Angel, devenu vice-président en lieu et place d'Eva Kaïli. « Un scandale d'une telle ampleur, cela a effacé tout ce que nous avions accompli. Au sein de mon groupe S & D, c'était la consternation. On a pensé au Parlement, à l'institution. La réputation a été cassée en une minute. Après, j'ai été très content de la réaction de notre hiérarchie », prolonge Angel. Registre de transparence, protection des lanceurs d'alerte… Plusieurs de ces réformes satisfont le nouveau vice-président et nombre de ses collègues. D'autres élus les trouvent singulièrement trop timides et tous, enfin, savent qu'on n'empêche pas une personne souhaitant recevoir des sacs de billets de recevoir des sacs de billets.

Un angle mort absolu dans cet *aggiornamento* voulu par l'institution : la règle encadrant les immunités. Dans ce dossier, ces immunités ont été un véritable casse-tête pour les enquêteurs. Enquêter sans pouvoir enquêter. Ne pas enquêter en ayant la conviction que de graves infractions sont commises. Kafkaïen. Et, malgré ces précautions, les avocats de certains suspects misent fortement sur un classement des poursuites envers leurs clients pour violation de ces immunités. L'avenir judiciaire le dira.

Un test aussi pour la Belgique et son système de sécurité. Ce parquet fédéral qui a voulu garder dans son giron les investigations

1. Jean Comte, « Neuf mois après le QatarGate, le Parlement européen acte enfin sa réforme éthique », Contexte.com, 14/09/2023.

– plutôt que les confier au nouveau parquet européen. Fier de communiquer sur ses réussites. Suivi en cela par le roi des Belges, Philippe, et une adresse de début d'année 2023 félicitant une Belgique « en pointe dans la lutte contre la corruption ». Puis le Premier ministre, Alexander De Croo : « La justice belge fait ce que le Parlement européen n'a pas su faire. » La patronne de la Sûreté de l'État : « On a investi énormément dans ce dossier…[1] »

Mais gare au retour de bâton. Parce que la Belgique, c'est aussi un État avec des moyens judiciaires et policiers limités, incapable d'aller perquisitionner chez Marie Arena – ne serait-ce que pour fermer des portes – avant sept mois d'enquête. Un dossier où le juge a dû se déporter pour un soupçon de conflit d'intérêts. Une prison qui place trois jours dans la même cellule deux suspects, ou encore un accord de repenti qui donne à Antonio Panzeri, le chef présumé de l'organisation criminelle, le soin d'orienter l'enquête par ses déclarations. En somme, la justice n'a pas toujours été à son avantage, même si elle tient le cap jusqu'à présent, que le dossier s'est épaissi formidablement, que des faits importants ont été révélés au grand jour. Un nettoyage et une réforme des institutions qui resteront acquis. La Belgique elle-même en tire quelques leçons, souhaitant par exemple criminaliser l'ingérence étrangère.[2]

La justice et la police belges ont subi des pressions inédites dans cette affaire. La ministre de l'Intérieur du royaume a laissé entendre qu'un pays tiers avait mis la pression sur l'État belge. Le mandat d'arrêt délivré à l'encontre du Dr Al Marri, commanditaire présumé d'actions d'ingérence, a été suspendu quelques semaines

1. Louis Colart et Kristof Clerix, « Francisca Bostyn (Sûreté de l'État) : « Espions russes, Parlement européen, criminalité organisée… notre rôle est de protéger la démocratie », *Le Soir*, 12/01/2023.

2. Louis Colart et Joël Matriche, « Code pénal : les lois sur l'espionnage et l'ingérence bientôt renforcées », *Le Soir*, 05/01/2023.

plus tard, au nom d'on ne sait quelles motivations diplomatiques ou d'entraide judiciaire. Le juge d'instruction Claise a constaté que son domicile avait été « visité » en son absence par de mystérieux intrus qui n'ont rien volé et ont tenté de ne laisser aucune trace de leur passage. Une campagne de *fake news* pro-Qatar a vu le jour sur les réseaux sociaux, tentant d'imposer un narratif du « Belgiumgate » en lieu et place du « QatarGate ». Le procureur fédéral n'avait jamais vu cela de toute sa carrière[1].

Plus qu'un « test » pour nos démocraties, le QatarGate est un révélateur de bon nombre de problématiques. On en oublierait presque l'affaire en elle-même. Focalisées sur les tentatives d'ingérence de grandes puissances – Chine, Russie –, les institutions européennes n'ont pas vu qu'elles étaient infiltrées par des États de moindre importance. Des pays pour qui une résolution, un vote, un communiqué favorable du Parlement européen, oui, c'est important. Cela nous semble irréel de payer de telles sommes pour de si maigres bénéfices ? À en croire les conclusions – provisoires – de l'enquête judiciaire et les aveux de certains inculpés, ça a bien eu lieu. Sous nos yeux distraits.

Les investigations policières et journalistiques montrent que les clients présumés de la « Panzery Company » ont su se faire entendre. Insuffisant pour orienter certains débats ou infléchir des positions politiques, pour corrompre tout un Parlement ou même tout un groupe politique. Seul motif de satisfaction, la gangrène « QatarGate » telle que la décrivent Panzeri et Giorgi est restée circonscrite à un groupe d'individus relativement déterminé.

Mais une gangrène symptomatique d'une affaire gravissime.

1. « En dix ans à ma fonction, je n'ai jamais vu autant de pression que dans ce dossier du QatarGate », a déclaré le procureur fédéral Frédéric Van Leeuw, le 4 septembre 2023 sur l'antenne de La Première (RTBF).

Remerciements

Un coup de chapeau à notre confrère et ami Kristof Clerix, de *Knack*, avec qui tout a commencé. Quelle aventure !

À Camille et Nahema, sans qui nous n'aurions survécu à cette épreuve d'écriture.

Un grand merci pour leur soutien à Christophe, Xavier, Véronique, Béatrice, Pauline… et toute la rédaction du *Soir*, pour son travail sur le QatarGate, son soutien dans ce projet.

À Luca et la rédaction de *La Repubblica*, au réseau European Investigative Collaborations… et tous les collègues journalistes qui ont fait, ou font encore, un bout de chemin avec nous.

Merci enfin à Pascaline et toute l'équipe d'HarperCollins, à Matthieu Suc, l'excellent entremetteur, d'avoir cru en ce projet.

Louis et Joël.

Table des matières

Composé et édité par HarperCollins France.

Achevé d'imprimer en décembre 2023.

CPI

FIRMIN-DIDOT

à Mesnil-sur-l'Estrée (Eure)

Dépôt légal : janvier 2024.

Pour limiter l'empreinte environnementale de ses livres, HarperCollins France s'engage à n'utiliser que du papier fabriqué à partir de bois provenant de forêts gérées durablement et de manière responsable.

Imprimé en France